그림이

나에게 말하네

그림이

나에게 말하네

|참솔|

세월이 가고 다시 세월이 나를 향하여 올 때
그리움에 가슴이 미어지거나, 지독한 절망감에 머리칼을 쓸어넘길 때에도
그림은 언제나 나에게 말해주었습니다.
지구는 초록이 신비한 아름다운 별이라고,
중심이 따뜻한 대지이라고……

2003년 가을 깊어지는 날

박공우

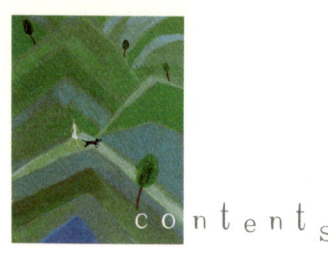

contents

당신을 만나기 위해서라면

아, 질투!

오만하고 화사하게

당신을 만나기 위해서라면

내게 맞는 당신, 머리카락에 머리카락 눕히듯 섬세하게 나를 어루만져줄 당신을 만나기 위해서라면……

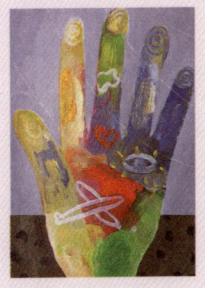

당신에게

해지는 바닷가에서 정갈한 마음으로 분위기를 가다듬습니다.

노을은 하늘을 붉게 물들이고

바다는 파도도 없이 고요하기만 합니다.

단아한 표정으로, 정성껏 차려입은 옷차림으로 나는 기다립니다.

머지않아 이곳에 도착할 당신

부모님은 기대가 높으신 분들이라고 알고 있지만 나는 자신있어요.

그분들이 사람 볼 줄 아는 마음의 눈을 지니셨다면……

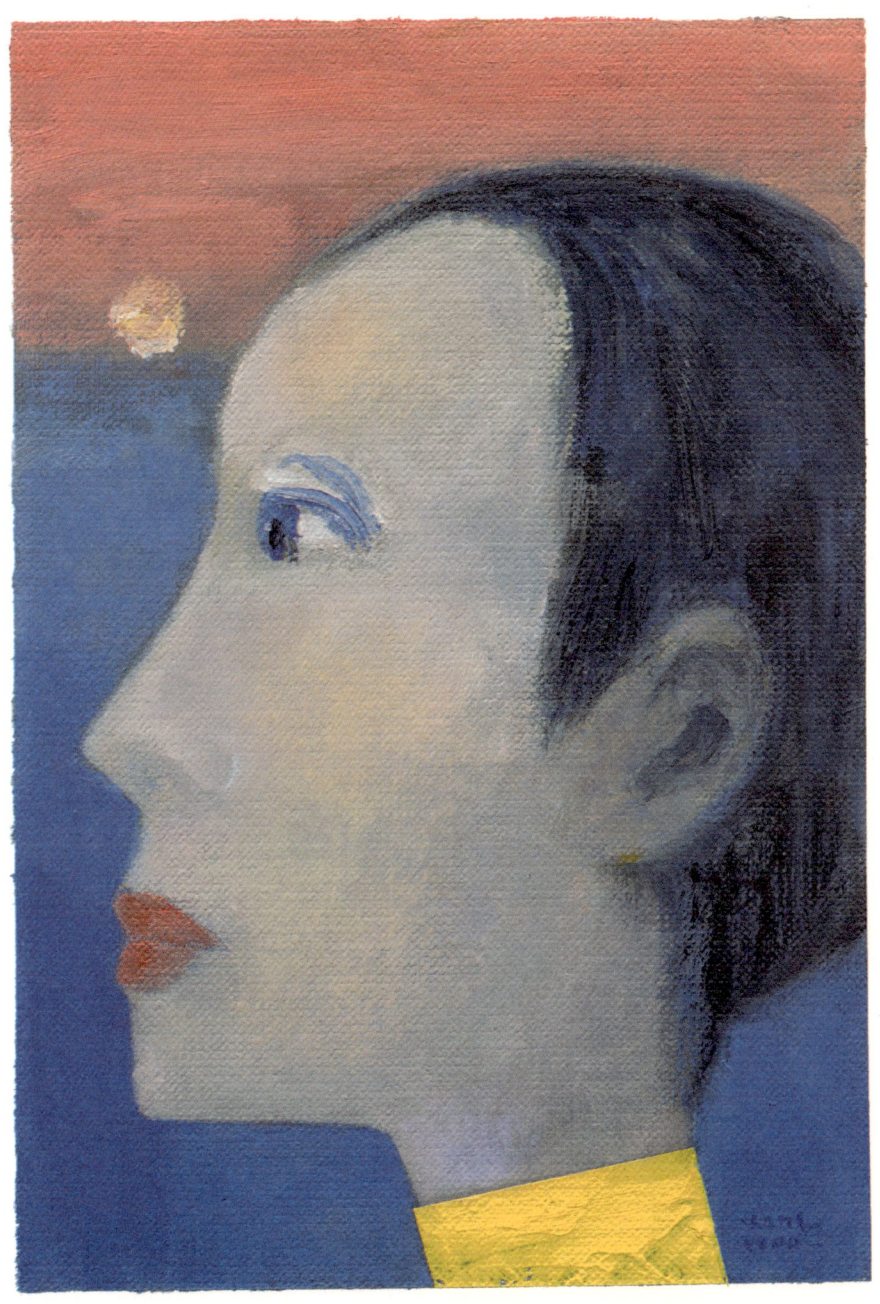

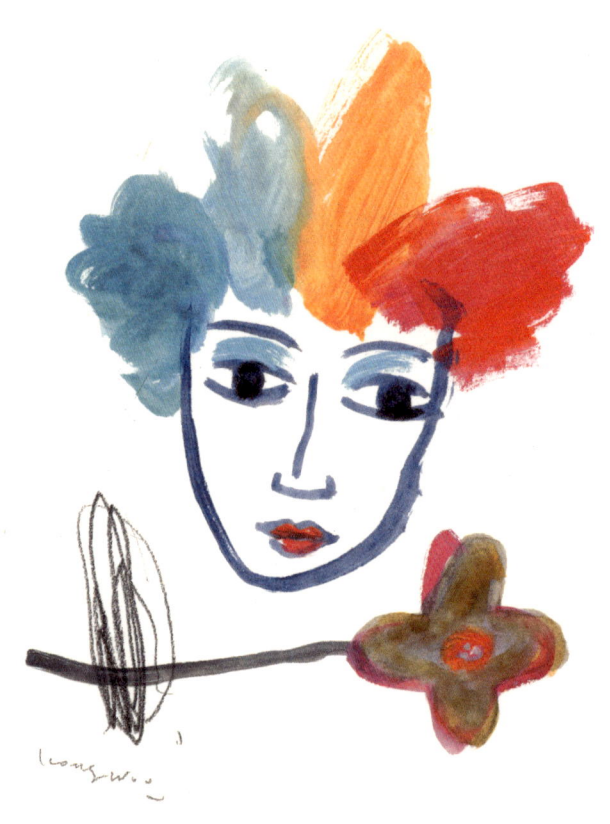

타 히 티

남태평양 소시에테 제도에 있는 프렌치 폴리네시아에서 가장 큰 섬.

프랑스령 폴리네시아, 아열대 해양성 기후, 우리나라보다 19시간 빠르다.

호주 시드니에서 오른쪽으로 수평선을 따라가면 닿고

하와이 호놀룰루에서는 수직선을 따라 내려가다보면 닿는다.

인천국제공항에서는 비행기를 타고 동경이나 오사카를 거쳐 11시간 20분 후면 닿는다.

고갱이 살다간 세상의 끝, 타히티 ―

당신을 만나기 위해서라면

언제나 아쉬움으로 남는 사람이 있는가 하면
설레임으로 시작하여 담백하게 헤어질 수밖에 없는 사람도 있습니다.
상처와 기쁨, 기대와 실망을 번갈아 주는 사람도 있구요.
빛나는 마음의 눈을 가질 수 있다면 얼마나 좋을까요.
내게 맞는 당신, 머리카락에 머리카락 눕히듯 섬세하게 나를 어루만져줄
당신을 알아볼 수 있는 눈을 지니고 있다면……
손톱에 봉숭아 꽃물 물들이고 이제 세상으로 나아가겠습니다.
진실한 눈빛으로 나를 알아보는 당신을 만나기 위해서라면

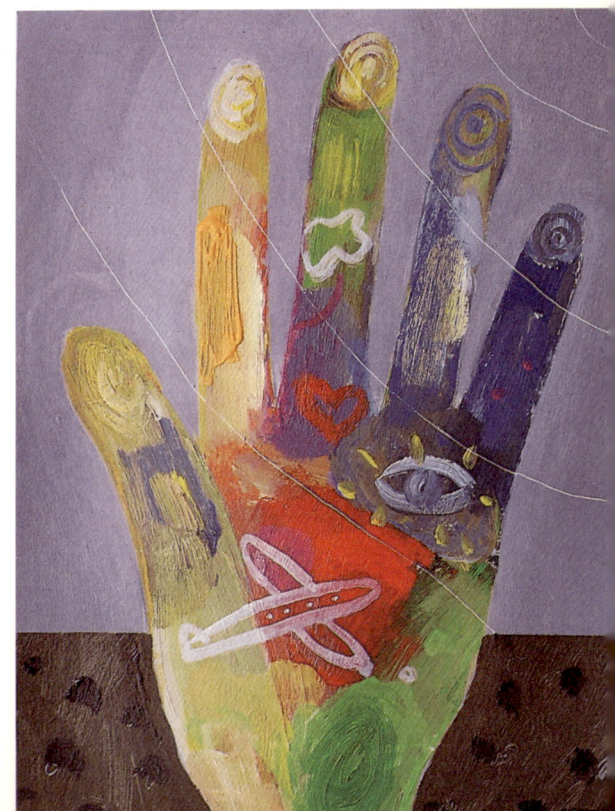

겨울 나무

본래는 불사조의 깃털이었다.
자신을 태운 잿더미 속에서 몸체는 부활하여 날아갔다.
남은 깃털 하나가 백야의 하늘 아래
만년설 덮인 대지 위로 떨어져
깃털은 조금씩 자라 눈 덮인 동토 위에 나무기둥 하나 세웠다.
언제이던가
장엄하게 타오르는 불길 속에서 다시금 부활할 그날을 기다리면서.

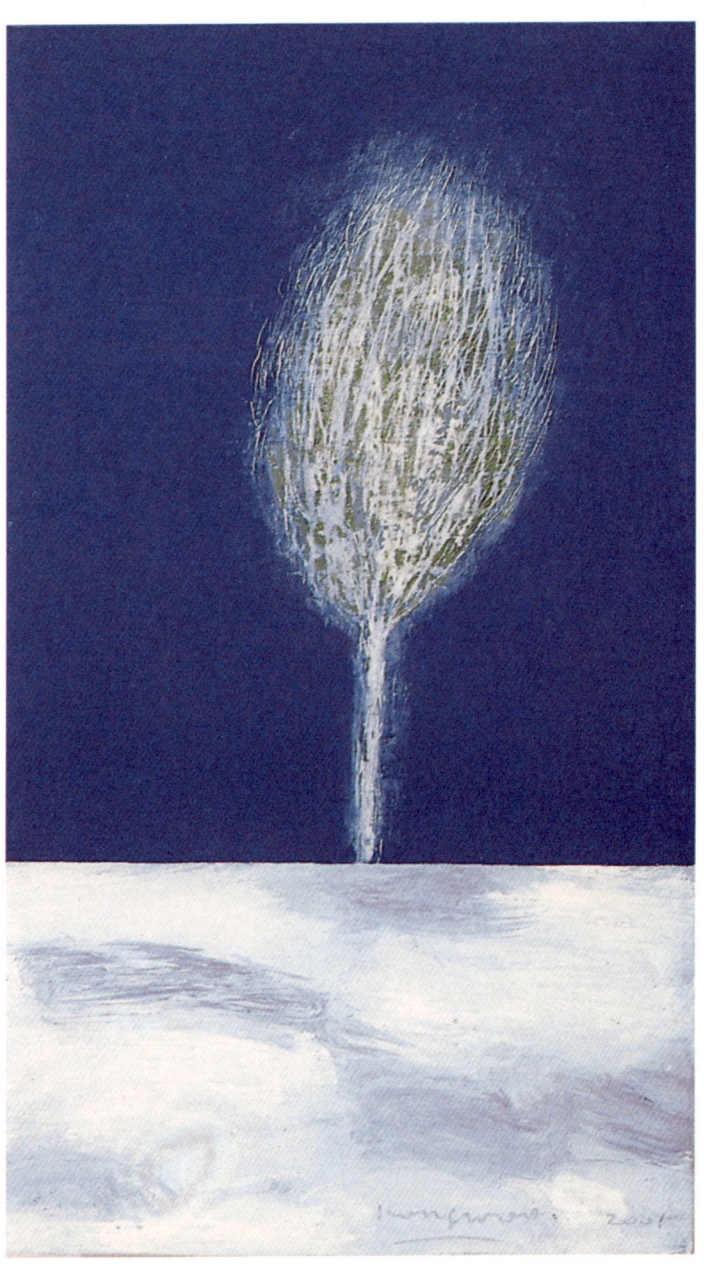

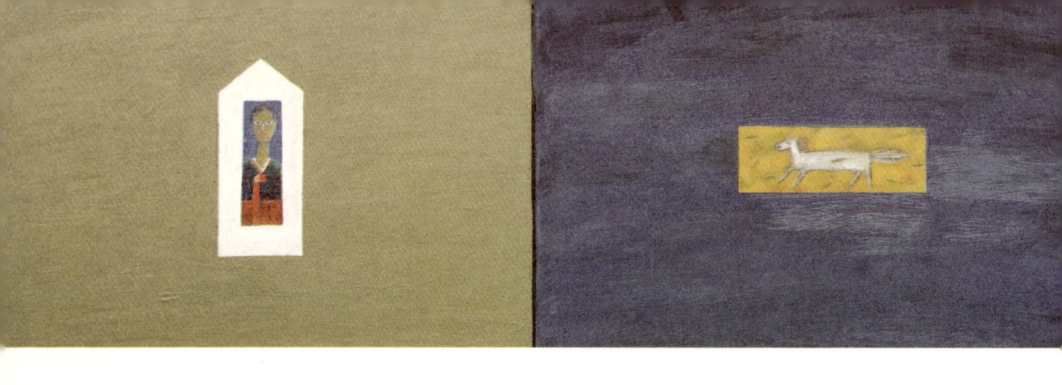

가을 편지

노을빛 가을에는 어린 마음으로 편지를 씁니다.

비바람이 지나가면 내 안의 낯가림이 심한 아이가 뽀얀 얼굴로

그대 앞에 나설 수 있을까요? 비바람이 지나가면 내 안의 슬픈 기억이

낙엽처럼 땅속 깊이깊이 내려앉아 밑거름으로 뿌리 내릴 수 있을까요?

이제 창문을 열고 바람을 맞이해야겠습니다.

그리고 안락의자에 묻혀 책 속으로 여행을 떠나야겠습니다.

그대를 찾아가는 여행입니다.

노을빛 가을에는 그리운 마음으로 편지를 씁니다.

더 늦기 전에 잊혀진 모든 꿈들에게 못다한 사연을 전할 수 있을까요?

노을빛 가을에는 순한 마음으로 편지를 씁니다.

비가 오면 내 안의 모든 가식과 허위를 벗을 수 있을까요?

비가 오면 진정 그대에게 다정한 인사를 전할 수 있을까요?

이제 창문을 열고 바람을 맞이해야겠습니다.

그리고 안락의자에 묻혀 책 속으로 여행을 떠나야겠습니다.

그대를 찾아가는 여행입니다.

노을빛 가을에는 여린 마음으로 편지를 씁니다. 더 늦기 전에 ―

젊은 날의 새

젊은 시절 어머니의 사진을 꺼내어 본다. 일부러 날을 잡아 화장을 하고 마음먹고 찍으신 모양이다. 길 모퉁이 사진관 의자에 앉아 계셨을 모습이 떠오른다. 하얀 분을 곱게 바르고 꽃잎인 듯 입술을 붉게 칠하고 머리에도 애써 힘을 주셨다. 어머니가 없는 세상, 나는 작고 외로운 한 마리 새가 된다. 눈물이 떨어진다. 비로소 나는 고독을 배우기 시작한다.

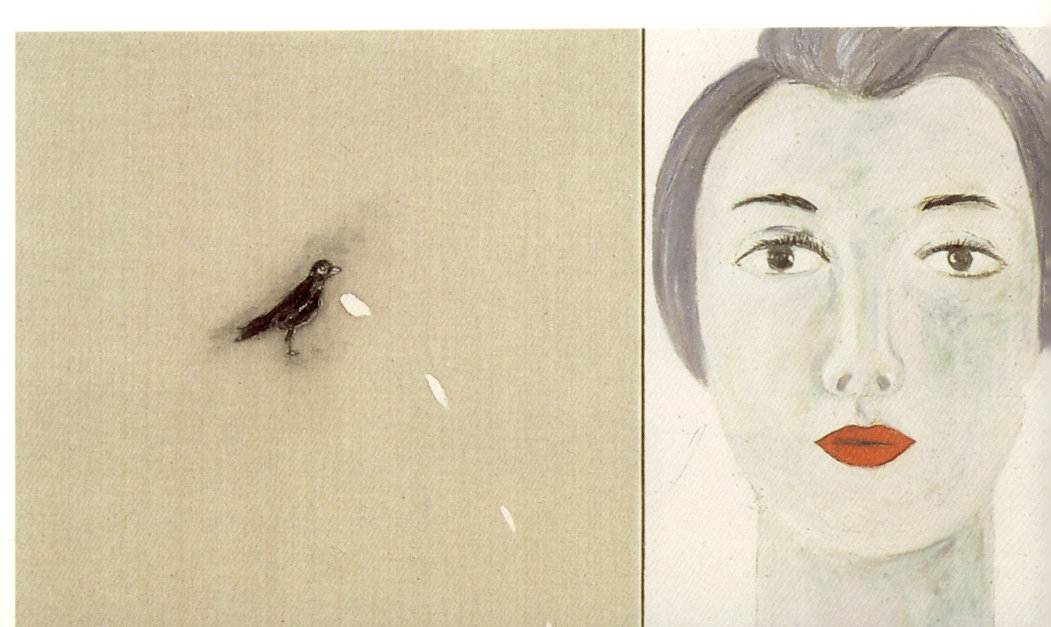

내 사랑 모리나

차창 밖에서 흐릿한 얼굴로 한 여자아이가 울고 있다.

아이의 눈물은 슬그머니 내 가슴으로 파고든다.

추억에 잠긴 동안 기차는 서서히 떠나고 우는 아이는 혼자 남겨진다.

한 계집애가 떠오른다. 단발머리에 눈매가 고집스럽던 조숙한 아이

이제 막 초경을 시작하고 세상이 낯설어진 계집애의 고독

내면에서 은밀하게 자라나는 반란과 탈출의 꿈.

해지는 들녘에서 타오르는 노을을 하염없이 바라보던 계집애는 어디로 갔는가.

일기장에 암호처럼 적어두었던 사춘기 소녀의 꿈은 어디로 갔는가.

해질녘 도시의 바깥에서 붉게 타오르는 노을을 따라 하염없이 걷고 싶은

나는 또 누구인가.

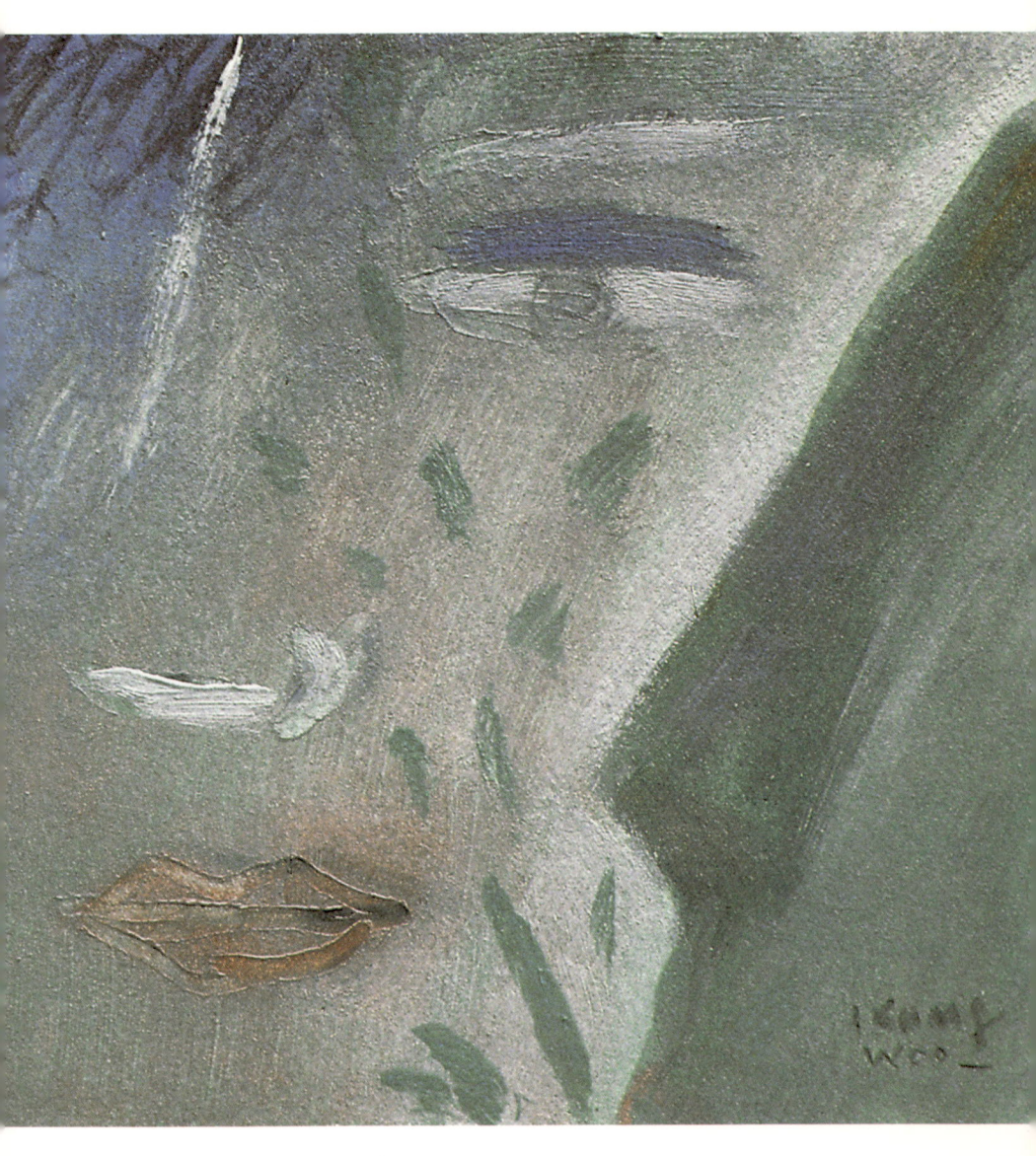

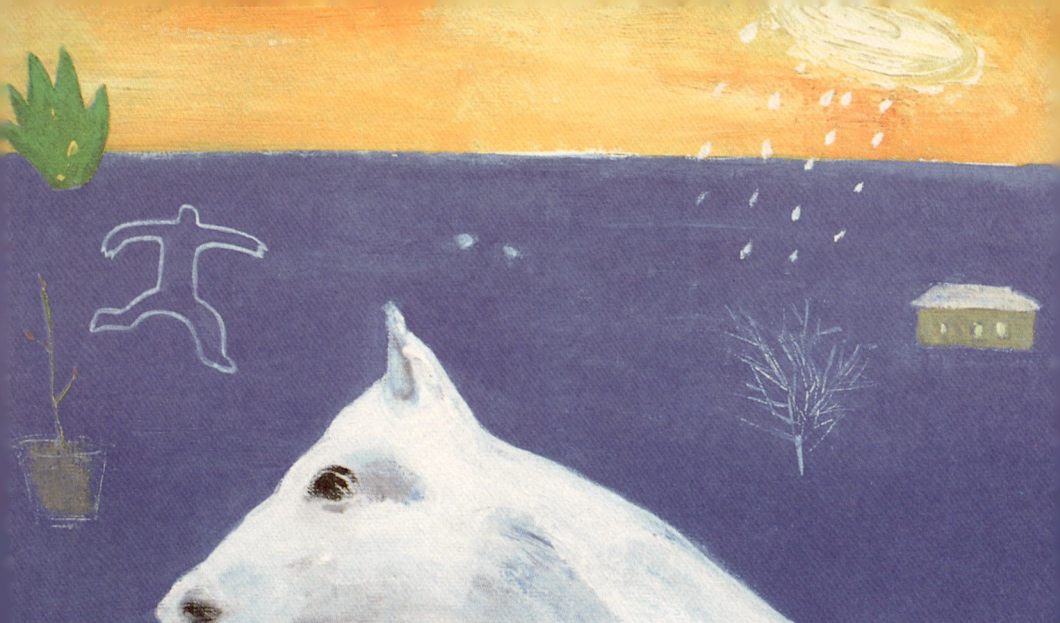

나의 꿈

모든 것이, 때로는 나의 존재마저 초라해 보일 때가 있다.

집도 나무도 화분도 떨어지는 빗방울도 한낱 소품에 지나지 않듯이……

그 속을 바쁘게 뛰어다닌다. 알맹이도 표정도 개성도 없이 분주하기만 하다.

하지만 그게 나의 전부는 아니야!

사실을 고백하자면 나는 화려한 백마 —

늘씬하고 기운찬 다리, 새하얀 털, 초롱초롱한 눈이 나의 가슴속에 숨어 있다.

마음 한번 먹으면 들판을 가르고 배경을 뛰어넘어 어디라도 갈기 날리며 신나게 달릴 수 있고.

다만 지금은 조용히 잠수중

드넓은 초원을 만나면 야생마보다 더 힘차게 달릴 그날을 생각하며……

별이 되어 만나다

잠꼬대하면서 신음소리를 내는 아내를 바라봅니다.
멀리서 들으면 우리들 사는 소리가 모두 신음소리일지도 모르지요.
지구는 다른 별의 지옥이라고 합니다.
한 세상 사는 일이 얼마나 수고스럽기에 생긴 말일까요.
그래요, 원래 우리가 살던 별은 아주 먼 곳에 있겠지요.
고향에서 온 별의 모습으로 그대를 마주하고 싶습니다.
세상의 집착을 모두 잊고, 나날의 번잡함도 없이
그저 고향의 여유로움만으로

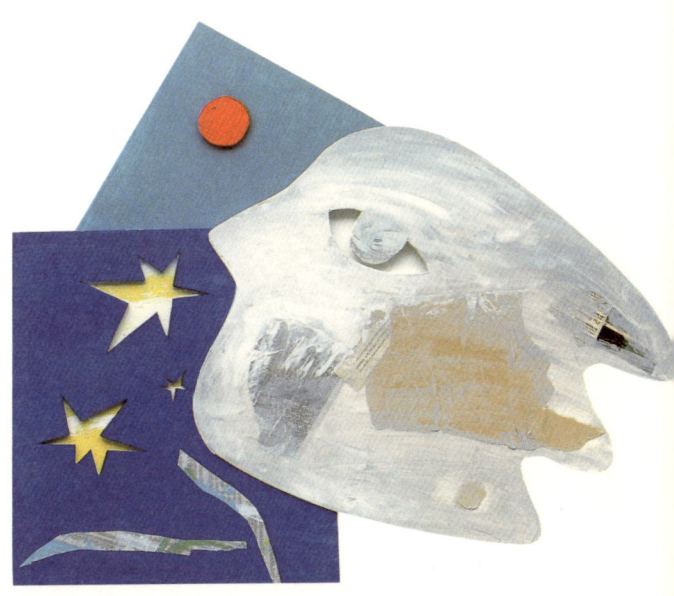

떠나기 위하여

거친 바다를 떠돌며 한세상 살아도 좋을 것이다.
병사들을 호령하는 함장이든지,
화려한 요트를 몰고 순풍에 돛을 펼치는 멋쟁이든지,
달빛이 비치는 밤바다에서 풍요의 그물을 끌어올리는 소박한 어부이든지……

한곳에 머무르지 못하는 내가 있다. 내 안에는 늘 집시의 피가 흐른다.
산다는 건 언제나 떠나기 위한 준비인지도 몰라.

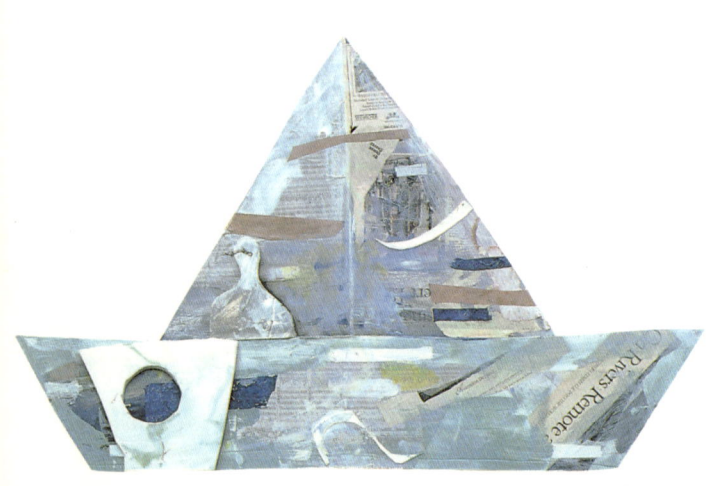

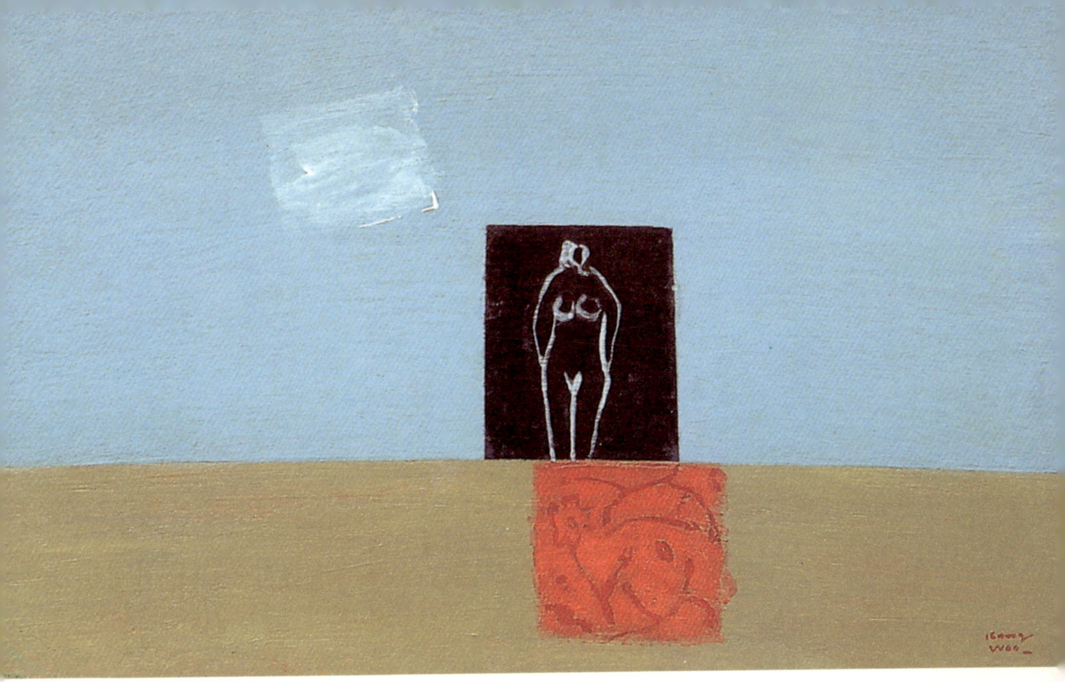

변명

"나에게는 오직 너뿐이야. 전에도 그랬고 앞으로도 그럴 거야."
"그래? 근데 네 머릿속에 있는 저년들은 누구야?
누런 땅속에 핑크빛으로 뒤엉켜 있는 저것들은 뭐냐고?"
"아, 그거. 그냥 추상화지 뭐. 땅속에 있는 건 신경 쓰지마. 어차피 네 발밑이잖아."
"어이구, 이 화상. 내 허리가 이렇게 굵어? 저년들은 저렇게 풍만하고?"
"아니라니까 그러네. 어디 인터넷에서 본 이미지일거야. 나에게는 너뿐인걸, 정말."

모든 꿈은 욕망과 두려움의 반영이며 왜곡이고 변형이다.
어쩌다 이렇게 재미난 꿈을 꾸다니……

아, 질투!

불로 지지는 듯한 통증, 오물이 묻은 채 곪아가는 상처. 모든 것은 마음의 조화이니

네 마음을 다스리라고 그렇게 쉽게 말하지 말라.

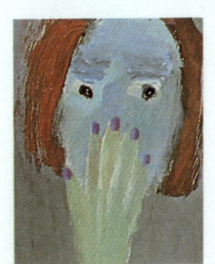

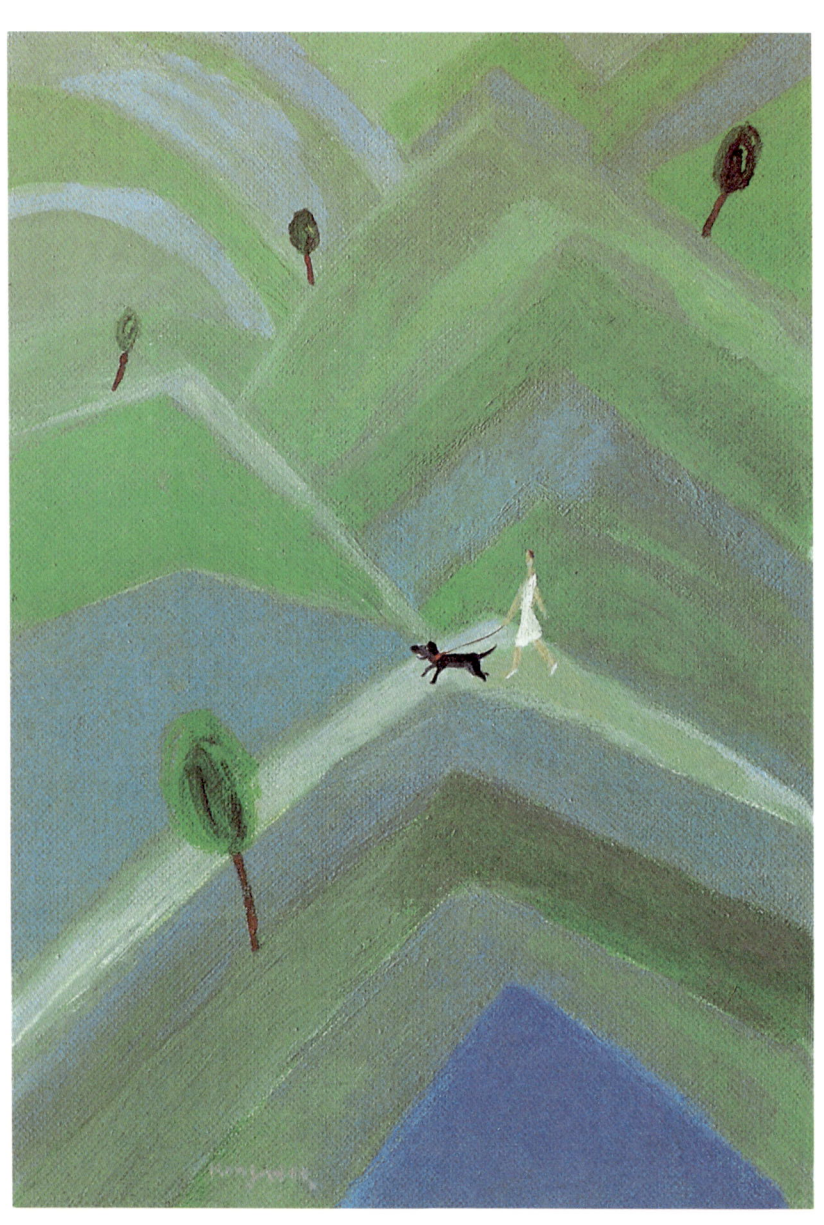

우리 마음의 숲

현관이 있는 집을 가지면 소리 은은한 초인종을 달고
지나가던 친구를 맞으려 했지. 파란 항공엽서로는 편지를 쓰면서 겨울을 사랑하고,
테없는 안경을 끼고 수염을 조금만 키운 뒤 조용히 가라앉은 목소리로
헤세의 아우구스투스를 읽으려 했었지. ― 마종기, 「연가 10」에서

내가 아우구스투스를 읽는 동안 아내는 산책 나간다.
집 뒤편에는 작은 동산이 줄지어 울울하다.
산이 첩첩해도 두렵지 않고 검둥이가 함께하니 외롭지 않다.
그 사이 나는 향기로운 커피를 끓이리라.
아내가 돌아오면 같이 마시며 길섶에 앉아 있던 개구리 이야기를 들어보리라.

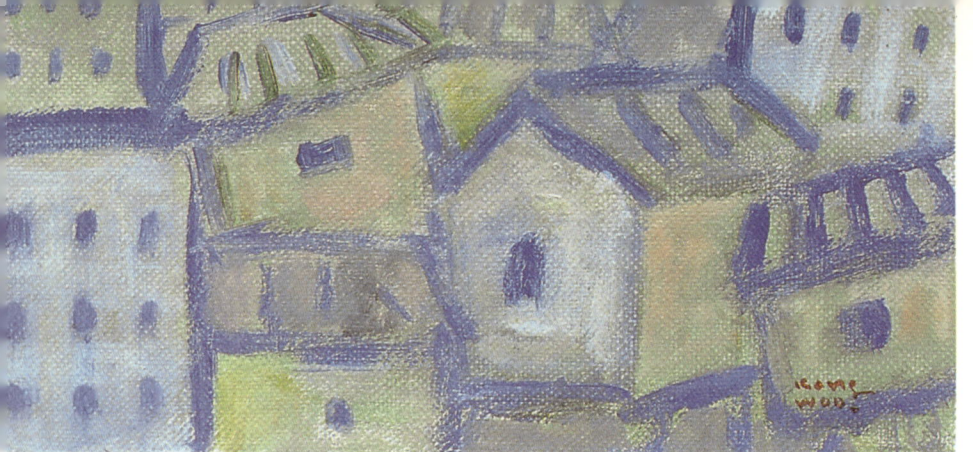

그림 같은 집

설탕에 소다를 뿌려 뽑기를 만들어주는 할아버지가 있고,

길다란 나무의자를 놓은 만화가게가 있고, 탐나는 장난감이 수북한 문방구가 있고,

산처럼 멍석에 쌀을 쌓아 놓은 싸전이 있고, 명절이면 떡을 뽑는 방앗간이 있고,

세숫대야를 옆구리에 끼고 가는 목욕탕이 있고,

저녁 나절이면 밥 먹으라고 부르는 어머니의 목소리가 있고……

아파트도 빌라도 없던 시절, 초등학교 일기장에 그림으로 남아 있는 정겨운 집들.

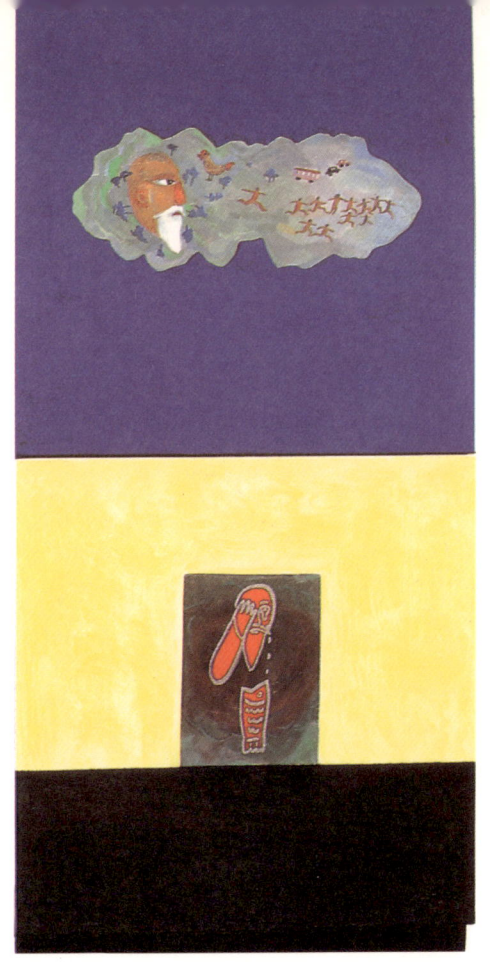

나의 기도

저 하늘 위에는 도솔천이나 마음의 때가 묻지 않은 눈물 많은 사람들이 있다네.

이승에서 도솔천으로 행하는 지름길은 맑은 물, 푸른 숲이 정갈한 심산유곡이겠지.

거짓 욕망과 헛된 치레를 벗어던진 무구한 사람들이 발 벗고 어울리는 곳

버스에 실려 왔건 승용차를 타고 왔건 숲으로 가는 길목은 하늘의 출입구.

어리석음과 아집으로 고요 숲 푸름을 망가뜨리지 않는다면……

신이시여, 이제 나무와 숲이 되어 살 수 있도록 너른 품에 안아 주소서.

그냥 사는 것

"사는 게 뭡니까?"
"개구리가 연못에 퐁당 뛰어드는 소리."
".............?"
"이제 막 아물기 시작하여 근질거리는 생채기와 같은 것."
"...........?"
"반항이지요"

모든 것은 생각하기 나름이다.
헝클어진 추상화처럼 심란한 나의 마음
열정적인 빨강과 냉정한 파랑,
부드러운 노랑이 뿌려지고 덧씌워진 복잡한 나의 내면.

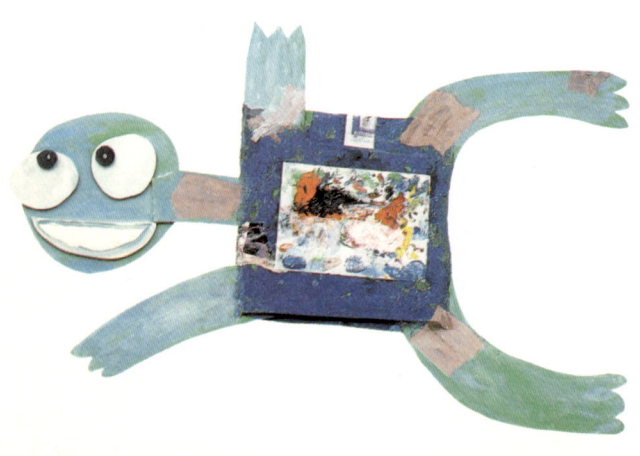

엽기적인 오후

무료한 여름날 오후에는 뭔가 엽기적인 일이 일어났으면 좋겠다. 그림으로
된 산을 멍하니 바라보고 앉았더니 어느새 깊은 산속에 들어와 있는 나를
발견한다거나, 초록의 나무가 두 다리로 걸어가는데 옆구리에 첼로를 낀 채
베토벤의 첼로협주곡 선율에 몸을 흔든다거나, 바닷가에 나갔더니 분홍색
고래와 검정 고래가 나란히 분수를 뿜으며 노닐고 있다거나……

Kang-Woo.

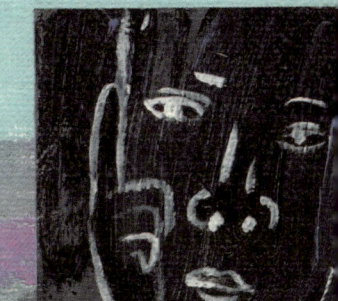

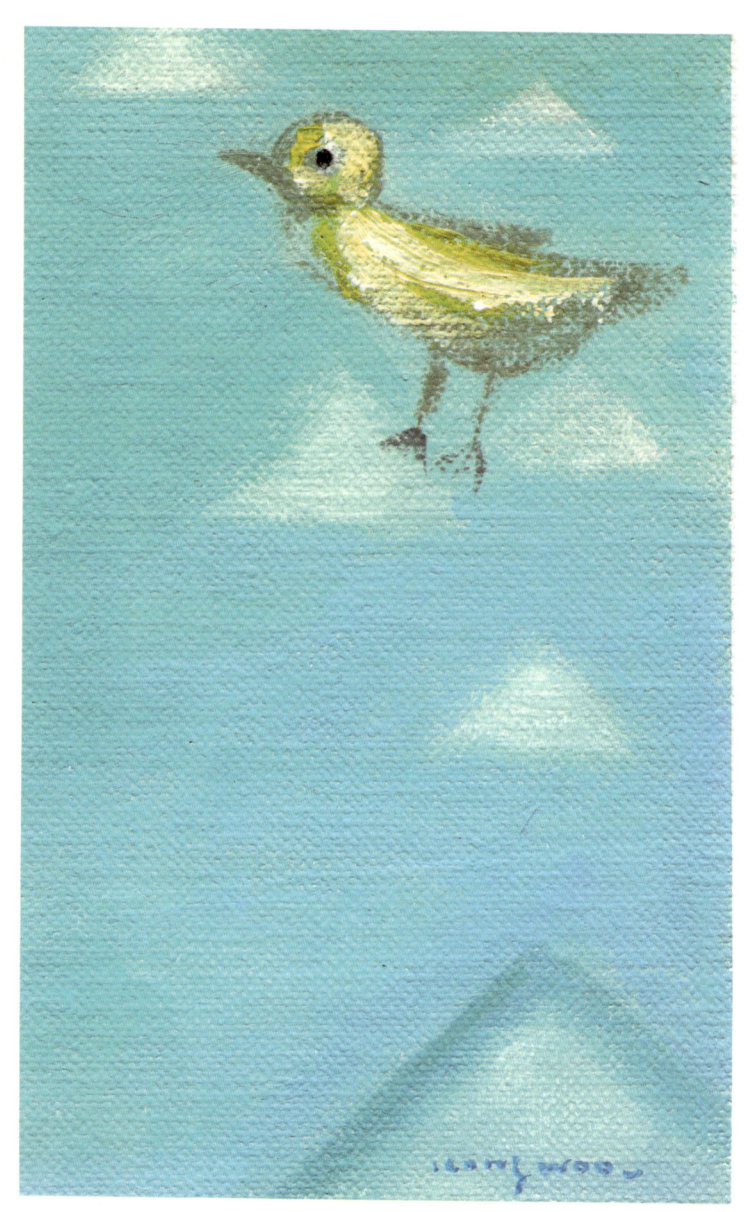

당신의 앞

김용택

이 세상에 당신이 있어
내가 행복한 것처럼
당신에게 나도
행복한 사람이고 싶습니다
내 아무리 돌아서도
당신이 내 앞에 서 있는 것처럼
당신이 아무리 돌아서도
나는
당신 앞에 서 있는
사랑이고 싶습니다

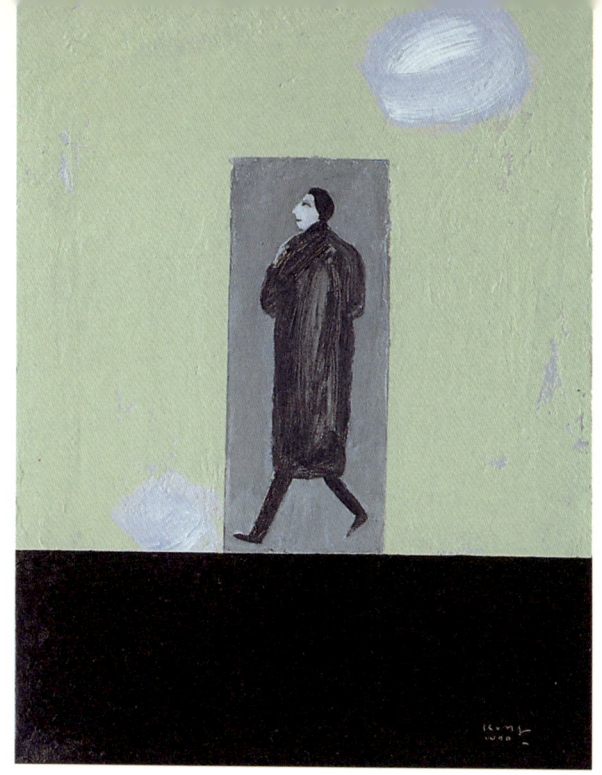

고골리의 외투

고골리의 외투 - 러시아의 한겨울을 지낼 수 있는 따스한 외투 한 벌에
목숨을 건 가난한 월급쟁이의 이야기.
아내의 꿈은 중년부인이었다. 30대만 되면 모든 것이 잘 되리라 믿었다.
콧노래 부르면서 잠투정하는 아이들 깨워 학교 보내고
부랴부랴 출근하는 남편 넥타이 바로 잡아주고
홀로 남은 시간에는 안락의자에 묻혀 마음껏 책도 읽을 수 있으리라 믿었다.
하지만 아내는 더이상 중년부인을 꿈꾸지 않는다.
아내여, 미안하구려. 서로 연민으로 살아야 하는 시대인가 보오.

두 여자가 한 남자를 끌어당긴다.
저건 내 남자가 아니던가.
칼이라도 들고 달려가 찌르고 싶다.
울컥 치밀어 오르는 살의에 스스로 놀란다.
죽이고 싶은 게 누구더라.
저렇게 허둥대는 내 남자인가
내 남자를 붙잡고 놓아주지 않는 저 여자인가.

아 , 질 투 !

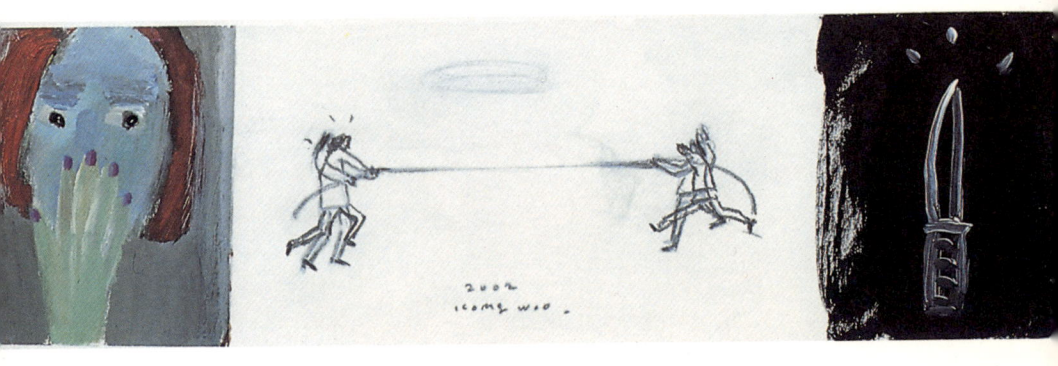

질투는 원초적인 감정이나 느껴보지 않은 사람은 알지 못한다.
불로 지지는 듯한 통증, 오물이 묻은 채 곪아가는 상처
모든 것은 마음의 조화이니 네 마음을 다스리라고
그렇게 쉽게 말하지 말라.
미움의 불로 자신을 태워 보지 않은 사람은 절대 모르는 것.

산타페

쭉쭉빵빵이다. 탄력 있는 허벅지, 탐스러운 엉덩이, 부드러운 허리선, 외국 모델 부럽지 않은 풍만한 가슴이 눈을 뗄 수 없게 한다. 하지만 그녀의 눈동자를 가만히 보라. 그녀는 당신을 보고 있지 않으며, 거울 속의 몸매에 스스로 감탄하는 것도 아니다. 무슨 생각에 잠겨 있을까. 달걀이 깨어서 병아리가 되고, 다시 암탉이 되어서 달걀을 낳고…… 아니, 무언가 기대하면서 조금은 불안한 표정이다. 화려한 몸을 보고 대중이 어떻게 말을 전할까, 자신의 생명이 몇 그램 나갈까 어림질하는 것인가. 어쨋든 그녀는 사랑스런 우리 시대의 스타!

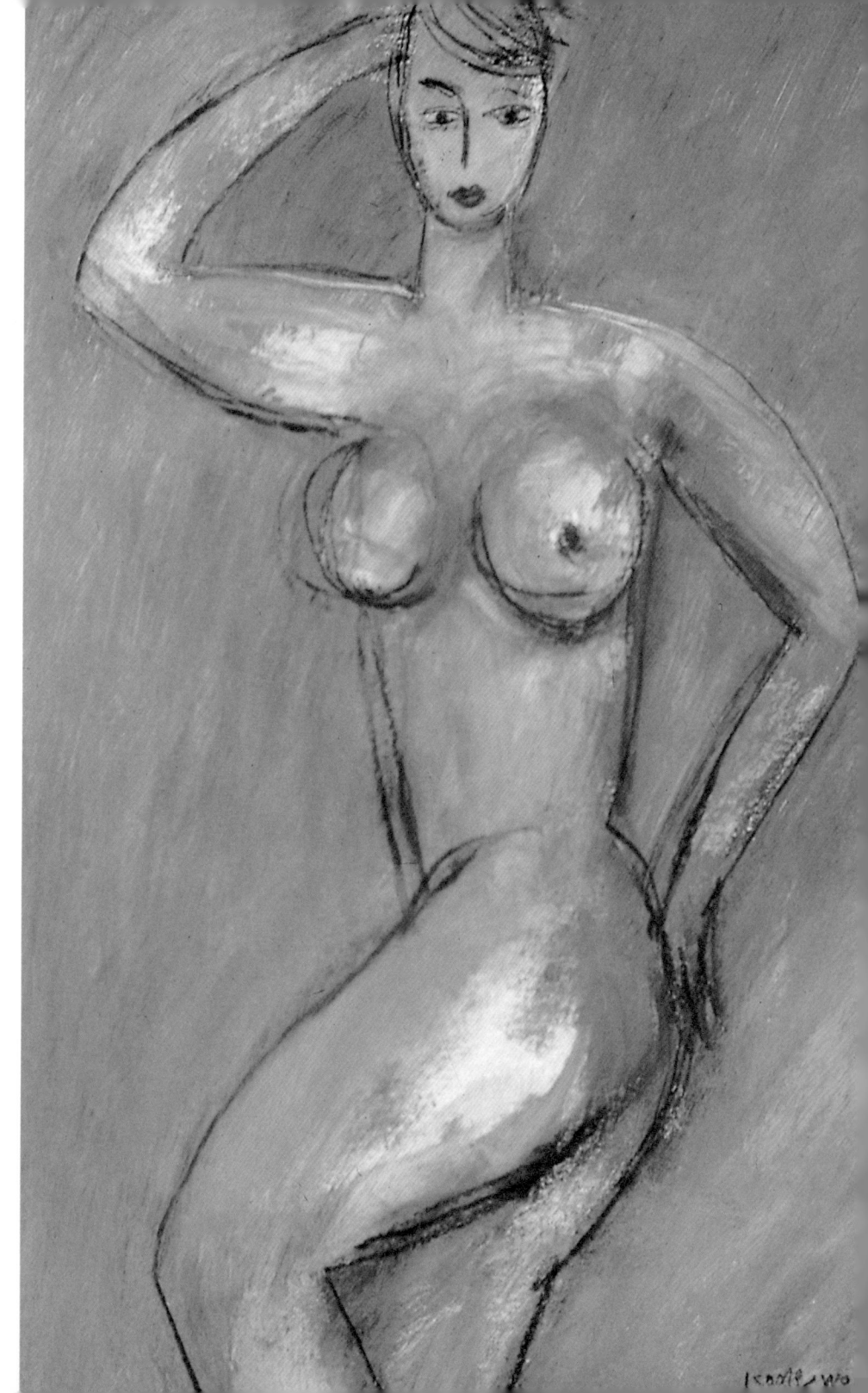

오만하고 화사하게

김춘수 시인의 '꽃'처럼 내 마음은 하나씩 붉게 열리고 있다.

오만하고 화사하게 피어나 … …

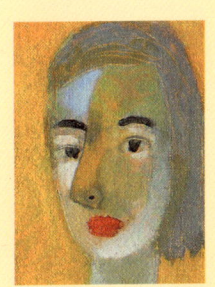

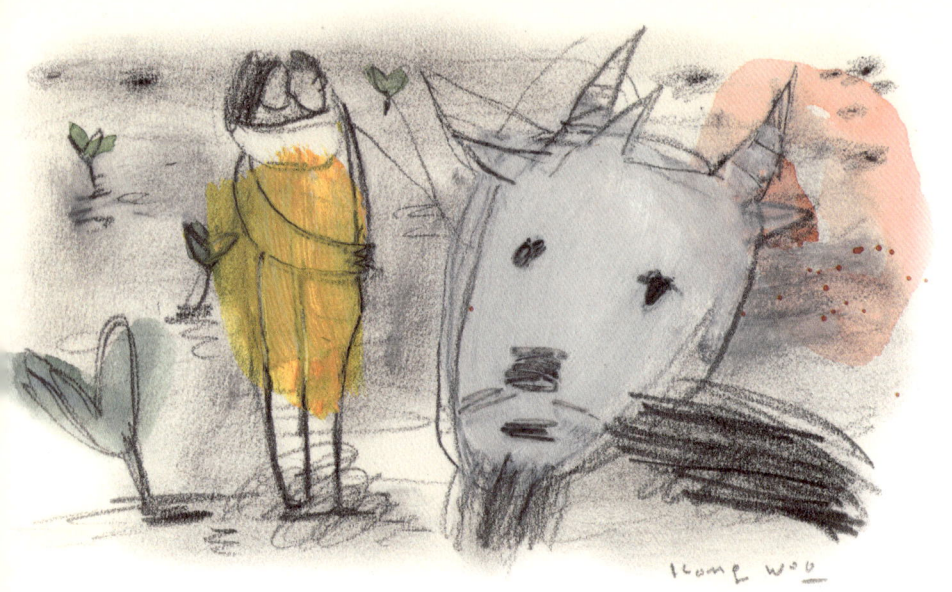

당신을 포옹하는 순간

당신을 포옹하는 순간 거치른 황무지는 사라집니다.

세상은 금세 봄의 들판으로 바뀌지요.

고마운 새순이 쑥쑥 자라나고 꽃들은 하나 둘 얼굴을 내밉니다.

염소 뿔의 목신(牧神)도 우리를 축복해주는군요.

나는 포옹을 풀지 않고 기다릴 것입니다.

어린 나무가 자라나 숲이 되고, 그늘이 되고, 벽이 되어

하나가 된 우리를 지켜줄 때까지.

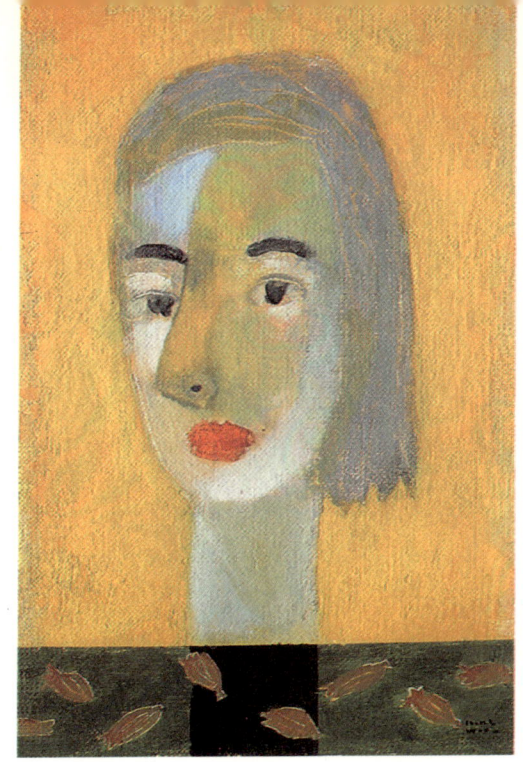

가을 여자

황금색 들판에 시원스레 뻗은 미루나무

바람부는 어느 오후, 나무는 거대한 빵처럼 부풀어올라 여인의 얼굴이 된다.

눈썹이 또렷하게 짙은 여자, 눈동자가 커다란 여자,

목선이 훤칠하고, 여전히 콧날이 선명한 여자.

황금빛 들판을 가득 채우며 떠오르는 여자,

기억의 대지 위에 미루나무처럼 우뚝 선 여자.

단정한 얼굴, 가지런한 매무새, 아무것도 모르는 맑은 눈동자가 막막한 여자

젊은 날의 내 안타까움처럼 입술이 붉은데, 머리칼은 여전히 찰랑거리는데……

그대는 먼 하늘, 그리움이 목마름에 겨운 가·을·여·자

흔들리는 드레스

당신을 유혹하고 싶어 애써 마련한 드레스입니다.
어깨끈은 목선처럼 가늘고 촉감은 피부만큼이나 부드럽지요.
하늘하늘 비치는 건 나의 속마음까지 당신에게 보여주고 싶기 때문이랍니다.
근데 당신의 숨결은 너무 뜨거웠어요.
냄새는 빨면 되고 구겨진 건 다림질하면 되지만
드레스까지 녹여버리는 당신, 어쩌란 말입니까.
이제 옷장 속에 추억처럼 모셔 놓을까요
다시 한번 입고 나가 당신 손에 망가질까요.

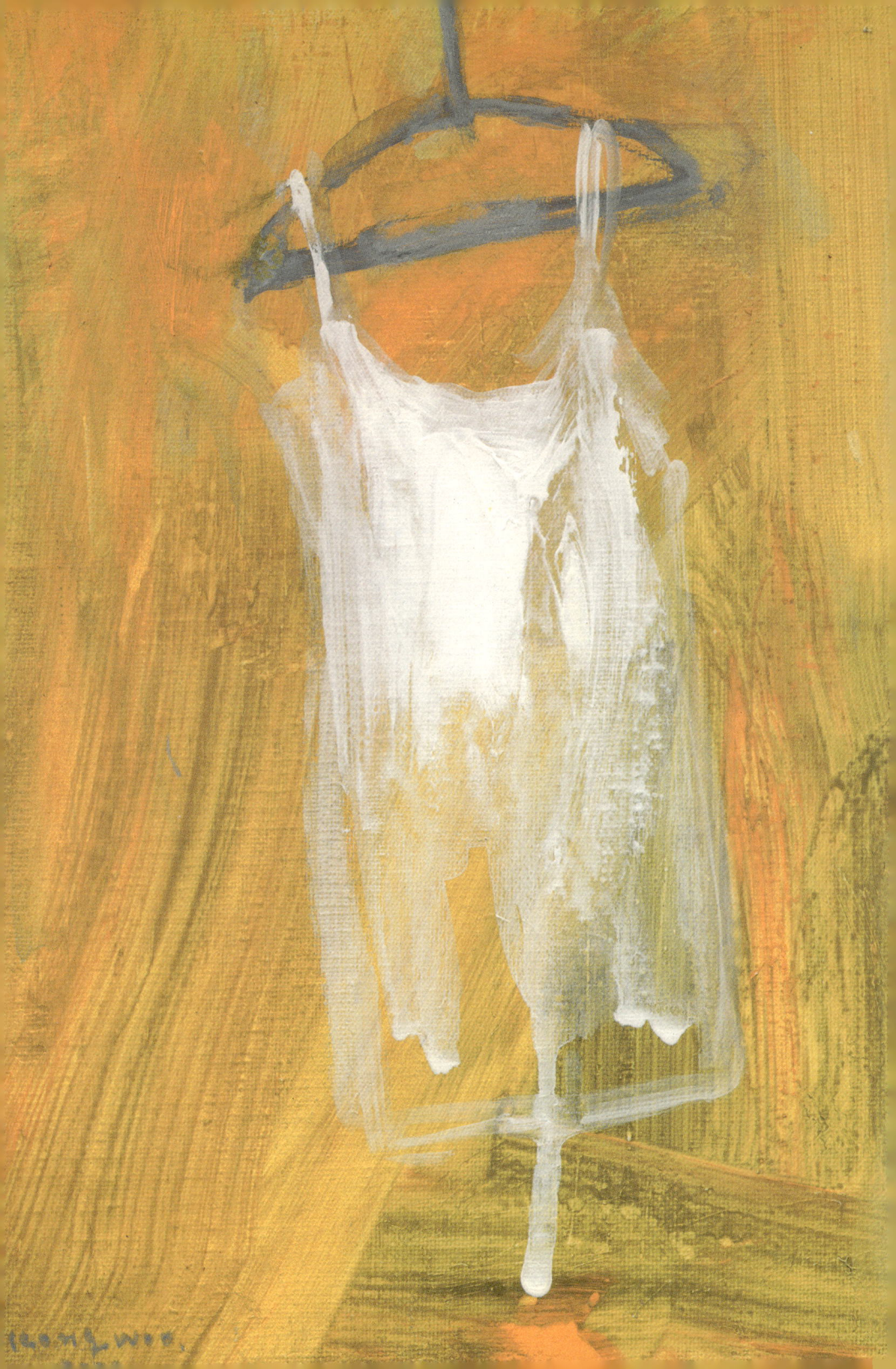

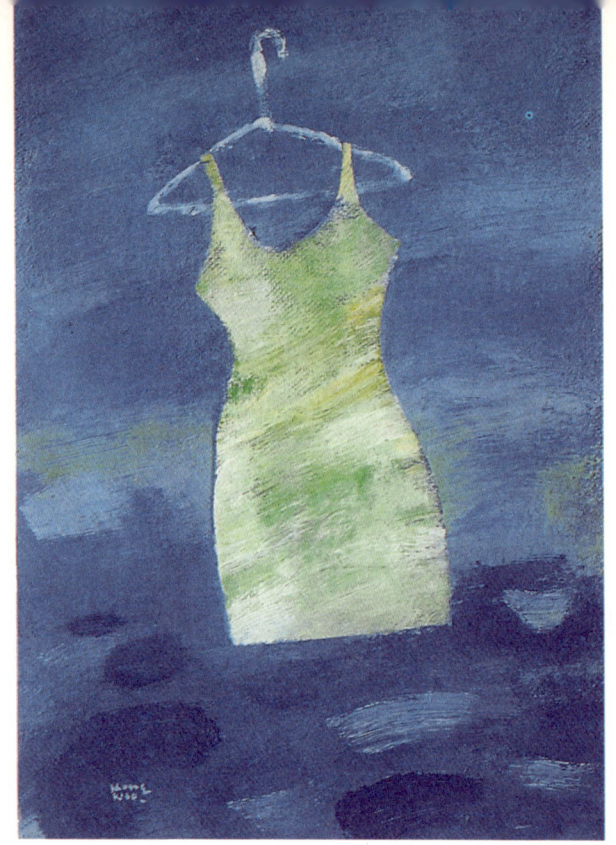

비에 젖은 원피스

원피스 하나가 푸른 날의 비에 젖는다.

풀밭 위에서 당신과 뜨겁게 입맞춤하던 날의 원피스

초록으로 연두로 온통 풀물이 들었다.

우리는 풀밭에서 오래오래 함께 있었으니까

아무도 오지 않아서 더욱 안타까웠으니까.

나는 안된다고 말했지만 그게 장소 얘기라는 걸 당신은 왜 몰랐을까.

그리운 당신, 어서 소식 전해주오.

커서가 깜빡일 때

동생은 또 노트북 앞에 앉아서 메일을 보내고 있다.

저 녀석의 사랑이 벽에 붙여 놓은 사진만큼 유치하지 않아야 할텐데.

아무래도 어울리지 않는 연상의 여인

지나치게 성공한 멋쟁이인 것 같아 걱정스럽다.

나를 쳐다보는 저 눈빛을 보라.

그래, 아무 말도 않으마. 젊음의 열정이란 타인이 말릴 수 있는 것이 아니므로

흥분과 아픔이 모두 지나면 한층 성숙해진 사내일 너를 기다려본다.

젊은 날의 반항도 턱없이 열렬한 사랑도

시간이 지나면 모두가 상실인 것을─

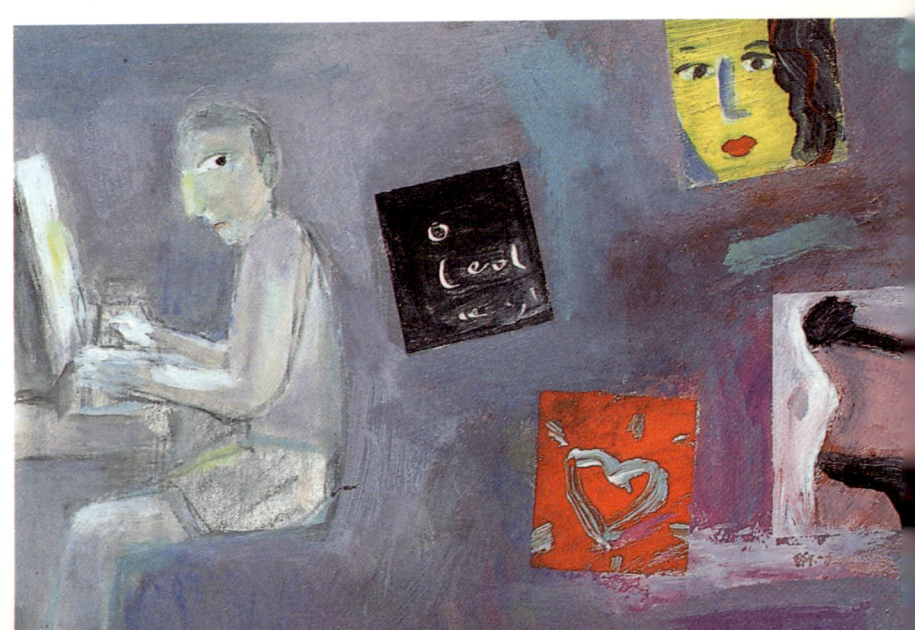

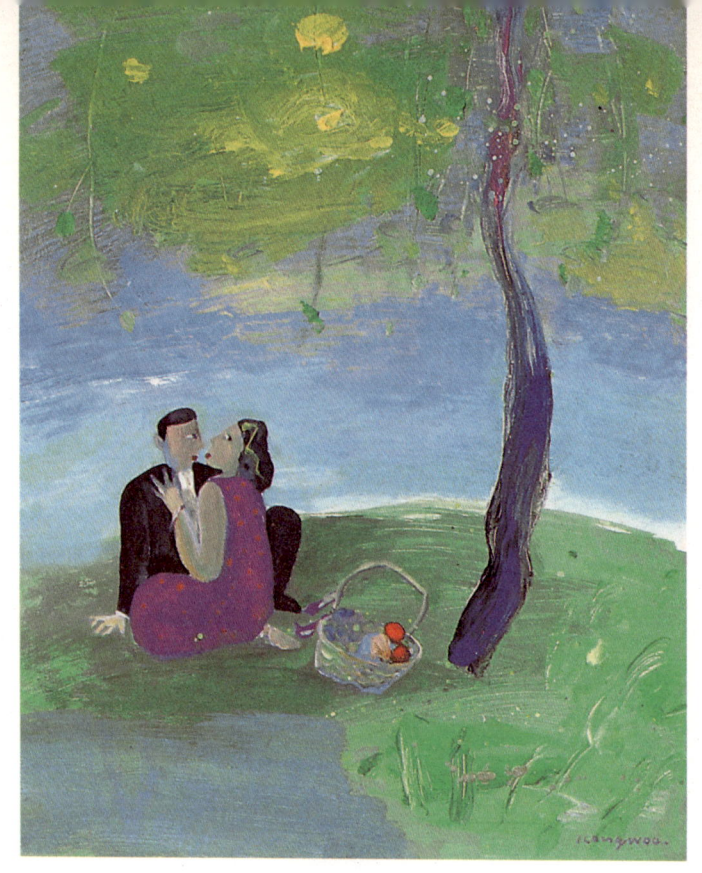

풀밭 위의 식사

무작정 남자는 여자를 바라보고, 무심히 스쳐가는 바람에도 여자는 애를 태운다.
초록 아래 아늑한 풀밭에는 오로지 두 사람이 그림이건만
피크닉 바구니에 잘 익은 과일과 부드러운 빵이 향기조차 무색하다.
새 신랑 같은 저 남자, 자줏빛의 농염한 여인이 아무래도 들떠 보여
멋을 부린 저들, 신혼인가 불륜인가.

화려한 외출

봄에는 들풀이 돋아나고, 피는 꽃마다 눈부십니다.
이유가 없어도 마음이 설레입니다.
누군가를 만날 것만 같군요.
여름은 시간 죽이기 좋은 계절입니다. 깊은 생각을 하면 안 되겠지요.
인생이란 후회하는 맛이 있어야 깊이가 커진답니다.
이길 자신이 없으면 가을에는 시비일랑 걸지 마세요.
용기가 없으면 슬퍼하지도 말구요.
겨울은 생각하기 좋은 계절입니다.
못 다한 말이 있으면 참았다가 참았다가 눈 오는
겨울에 해보세요. 진실해 보일 겁니다.

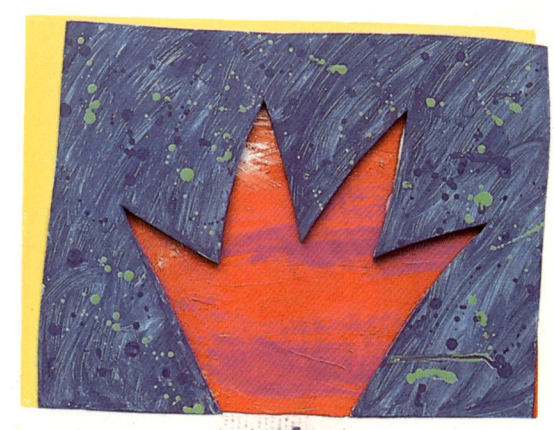

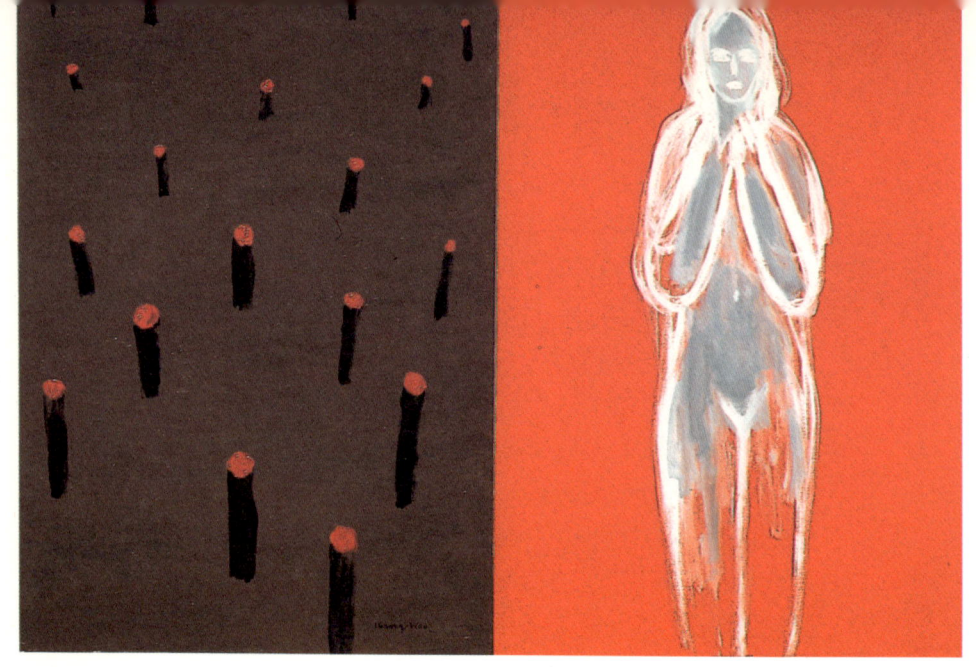

오만하고 화사하게

나의 이 빛깔과 香氣에 알맞는
누가 나의 이름을 불러다오
그에게로 가서 나도
그의 꽃이 되고 싶다.

김춘수 시인의 '꽃' 처럼 내 마음은 하나씩 붉게 열리고 있다.
오만하고 화사하게 피어나
내 사람을, 나의 세상을 전율시킬 그날을 꿈꾸고 있다.

거꾸로 보기

하늘을 밟고 있는 기분이다.
땅을 번쩍 들어올렸으니 헤라클레스가 된 것처럼 우쭐해지고
하지만 대지를 들어올렸으니 얼마나 고통스러울까.
심장 아래 머리가 터져버릴 것 같다.
독수리에게 간을 쪼여 먹히는
프로메테우스의 심정을 이해하게 되는군.
헤라클레스여, 어서 빨리 독수리를 죽여주시길……

이제 한 걸음씩 다른 데로 옮겨갈 거야.
힘들어 하는 모습을 구경하고 놀리는 사람이 없는 곳으로
제 살이 아프므로 누구든 내려치지 않는 세상으로

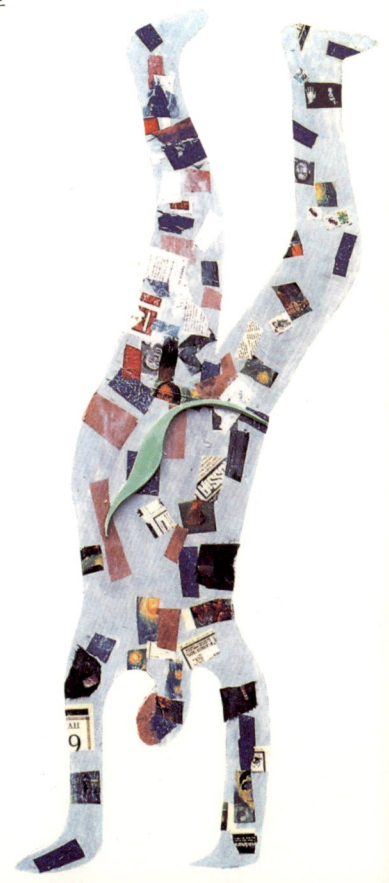

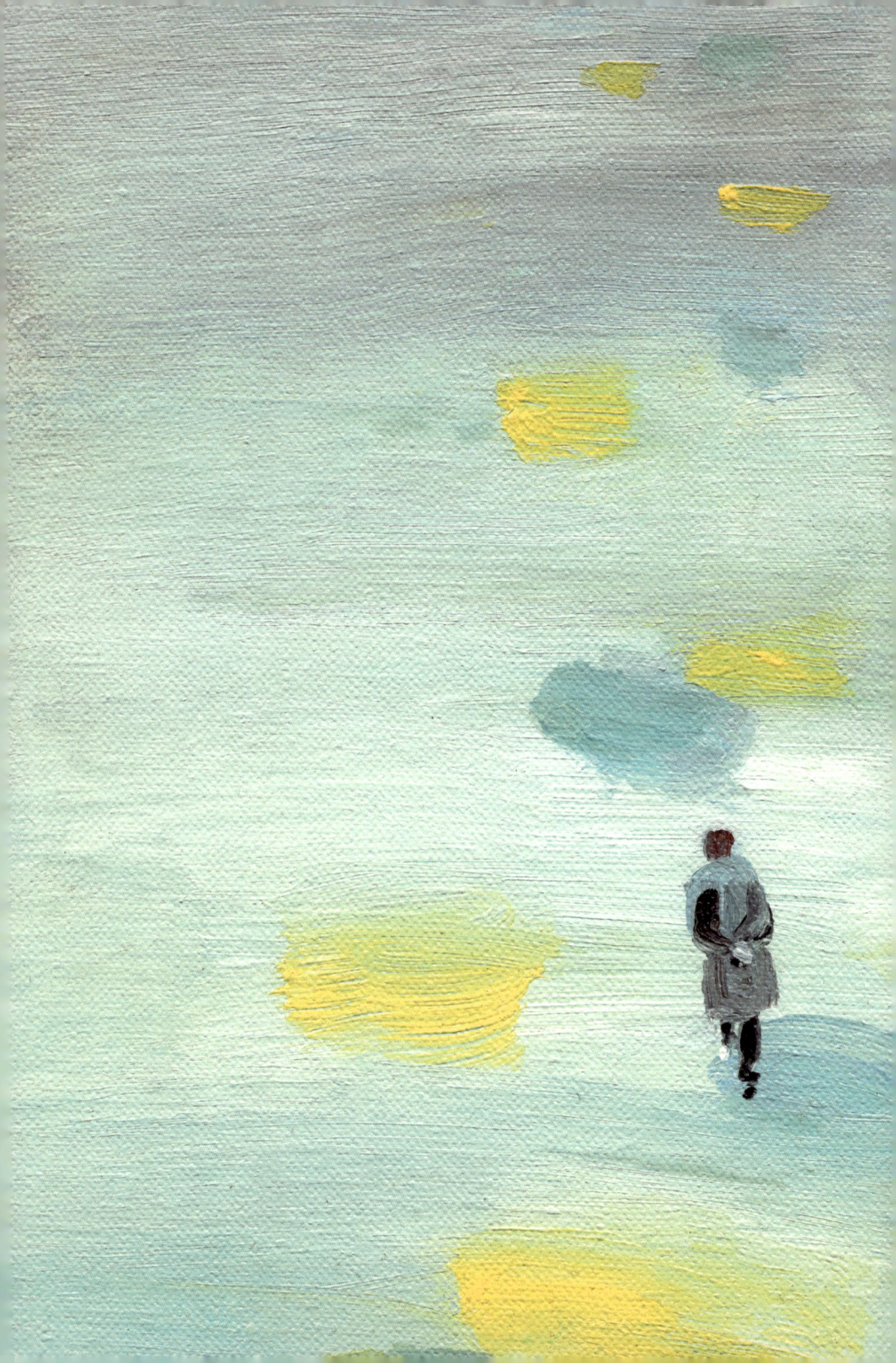

달의 노래

이제 때가 되었다.
내 모든 걸 다 버릴 때가 되었다.
욕심을 버리고, 허영심을 버리고,
자존심마저 모두 버릴 때
달 하나 뜬다.
푸른 들판에 달 하나 뜬다.
그대 가슴에 보름달 하나 떠오른다.

나는 여왕이고 싶소

어린 시절 학예회의 왕이어도 좋소. 가슴으로 꺼안고 사랑으로 얘기하는 따스한 세상이 어딘가에 숨어 있다면.

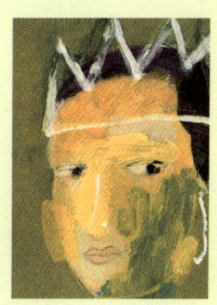

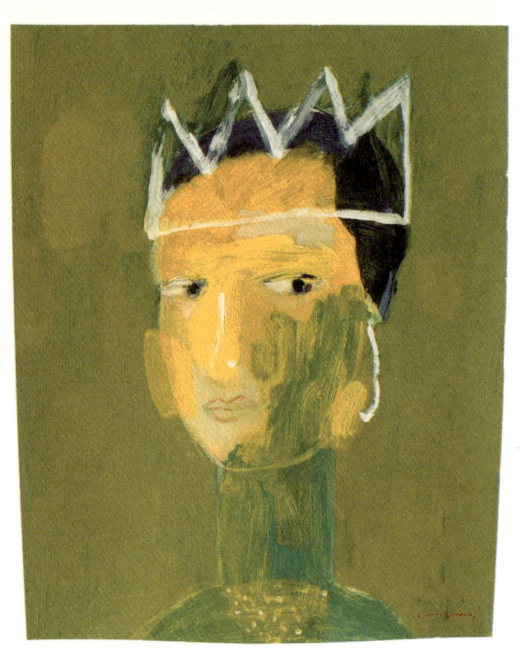

나는 여왕이고 싶소

나는 여왕이 되고 싶소. 종이관을 쓴 왕이 아니라 황금관을 쓰고 반짝이는 지휘봉을 든 채 세상을 움직이는 제왕이고 싶소. 어린 시절 동화나라를 다스리는 학예회의 왕이어도 좋소. 가슴으로 껴안고 사랑으로 얘기하는 따스한 세상이 어딘가에 숨어 있다면. 세상에 다시 태어나 동화나라의 왕이 되었다가, 이제 채소를 기르는 농부나 우유를 짜는 소박한 여인이 되어도 좋소.

사랑은 음악처럼

지난 여름 지리산의 계곡은 여전히 내 몸 아래에 흐르고 있어
노랗게 물든 은행잎을 종이배로 띄워보낸다. 너에게로……
화엄사 붉은 단청 아래에서 단풍이 물드는 숲을 가만히 보고 있을 너
그때나 지금이나 너는 언제나 말이 없지만 나는 알 수가 있어.
참솔 숲을 간지럽히는 바람소리가 너의 숨결이라는 것을
그 속삭임을 좇아 종이배가 점점 너에게로 가까워지고 있음을

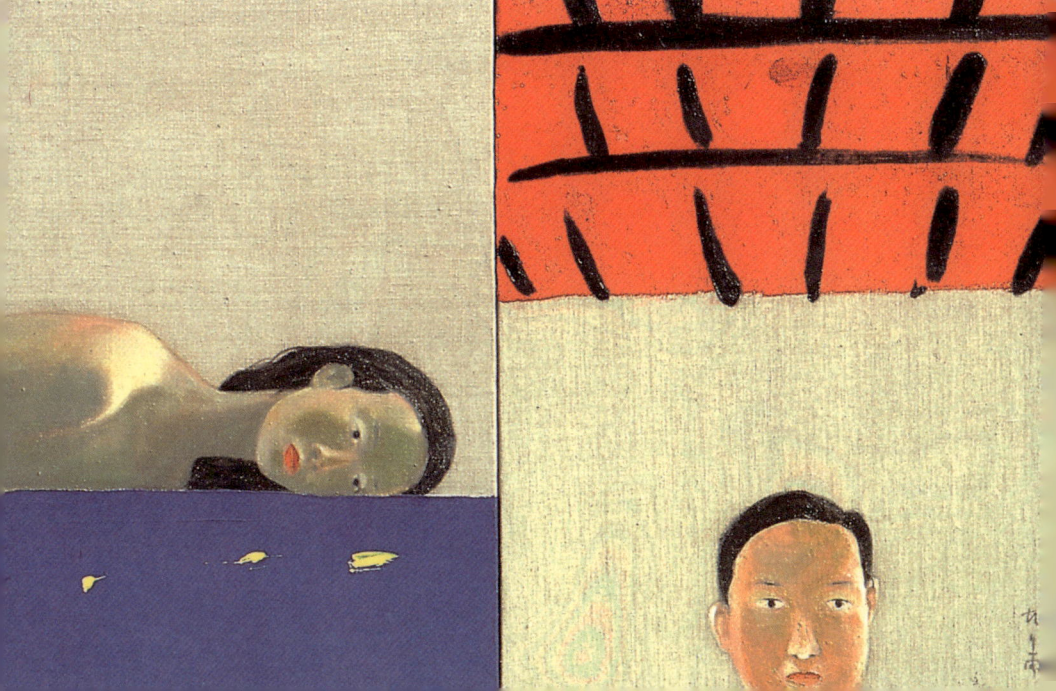

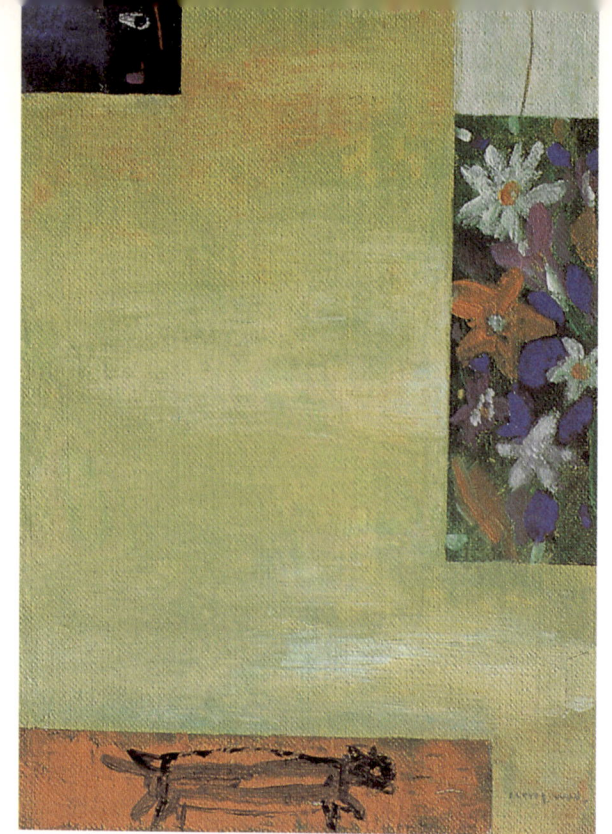

말하는 풍경

자연으로 돌아왔다. 그저 넋 놓고 풍경을 바라보았다.

꽃이 피면 핀 대로 그저 꽃을 쳐다보았다.

있는 그대로 들판의 풀잎을 바라보고, 숲속의 나무를 바라보았다.

소근소근 속삭이는 강물소리를 들었다. 마음이 편안해졌다.

들꽃이 다정하게 말을 걸어왔다.

나무와 들풀이 흔들리며 바람소리로 말을 걸어왔다.

그저 흐르기만 하던 강이 정겨운 물소리로 얘기하였다.

"아들아, 돌아와서 기쁘구나. 지난 슬픈 일일랑 모두 잊어버리렴."

절반의 외출

여보, 우리 오랜만에 외식이나 할까.

어머님은 어떡하구요.

내가 둘러댈게. 팀장님이 상을 당하셔서 상가에 도와주러 간다고 하지 뭐.

외출하는 며느리를 시어머니가 노려본다. 사흘 굶은 살쾡이 같은 표정으로

오랜만의 외출, 마음은 남편에게 달려가지만 아무래도 옷차림이 걸린다.

상가에 도와주러 가기에는 너무 화사한 외투가 아닌가.

부지런히 돌아와야지. 이래저래 발걸음만 허둥댄다.

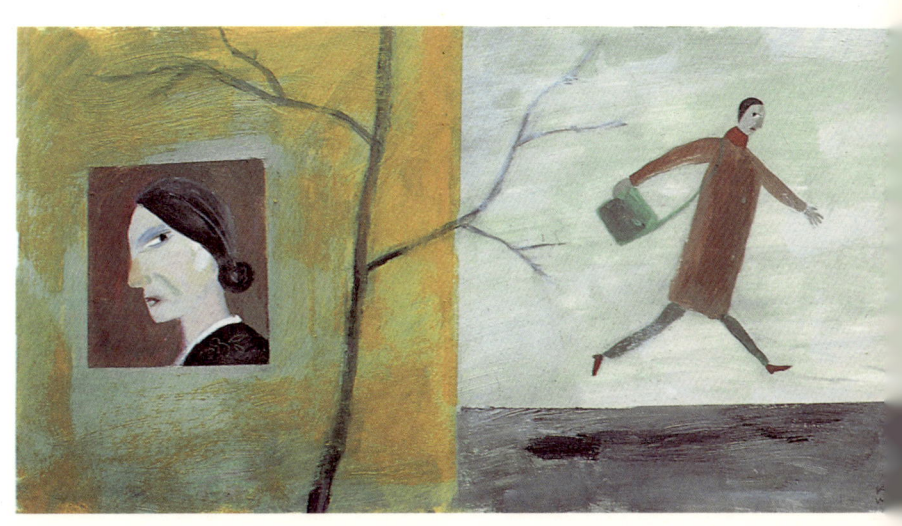

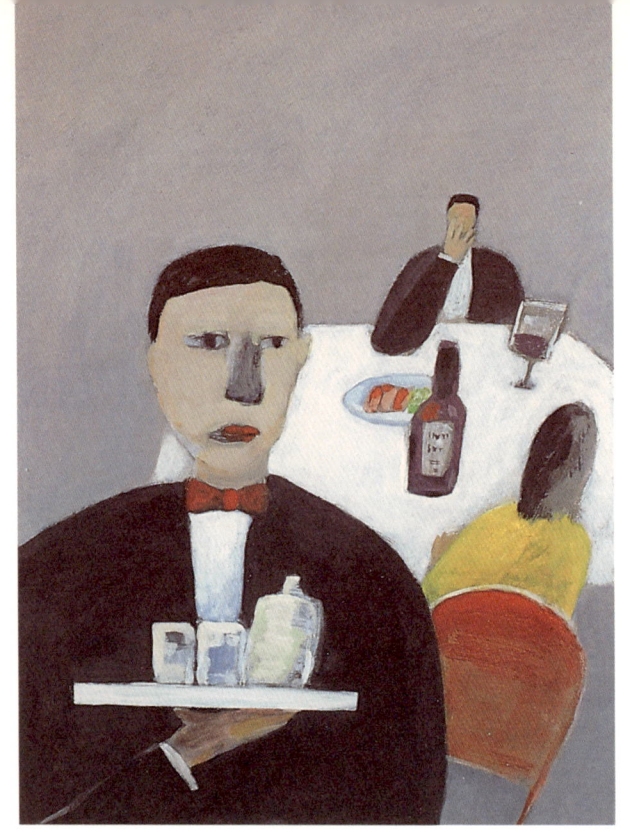

이별의 만찬

가슴저리고, 화내고, 기뻐하고, 슬퍼하고, 오해하고, 환호하고, 그리워하고,
상처받고, 입속으로 조용히 불러보고, 무엇이 만남의 정당한 값인지 되짚어보고,
욕망과 싸우고, 용기 없음과 싸우고, 오버하려는 자신과 싸우고,
만지고 싶어하는 손, 밤늦게 전화하고 싶어하는 손과 싸우고……
어떻게 해야 좋은 만남일까를 생각하던 그대와 나는 어디로 갔는가.

일생을 건 순간

멘델스존의 결혼행진곡에 맞추어 걸어봅시다.

집은 오밀조밀하게 한 채, 기러기는 사이좋게 한 쌍,

행복의 정표도 진하게 가슴에 담고서……

식장의 하객이야 적지 않겠지만 우리 눈에는 아무도 들어오지 않을 테지요.

오직 당신과 함께 하는 그 순간

일생을 걸고 팔짱 낀 다짐만이 온몸을 채울 테니까요.

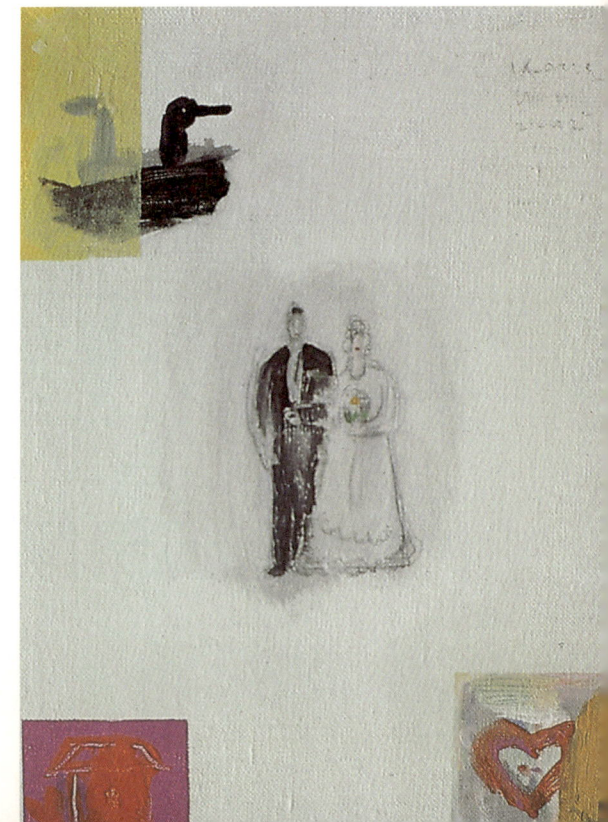

이별

뭉게구름 아래를 말없이 걸어가는 남녀가 있었지요.
꼬마들을 태우던 목마가 안타까운 듯 들판으로 뛰쳐 나갑니다.
자동차도 빌딩도 아스팔트도 없는 길을 하염없이 걷는 연인들
구름마저 풀물이 들어 초록을 띠우고
망아지의 눈망울은 점점 더 초롱해지는데……
시간이 멈춘 듯 남녀는 언제까지 걷기만 합니다.

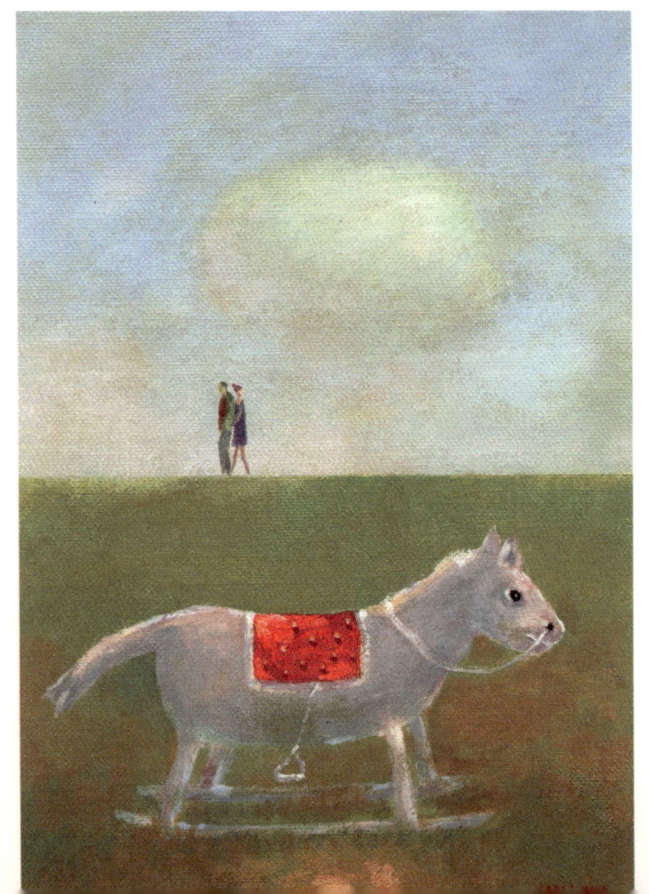

슈퍼맨의 꿈

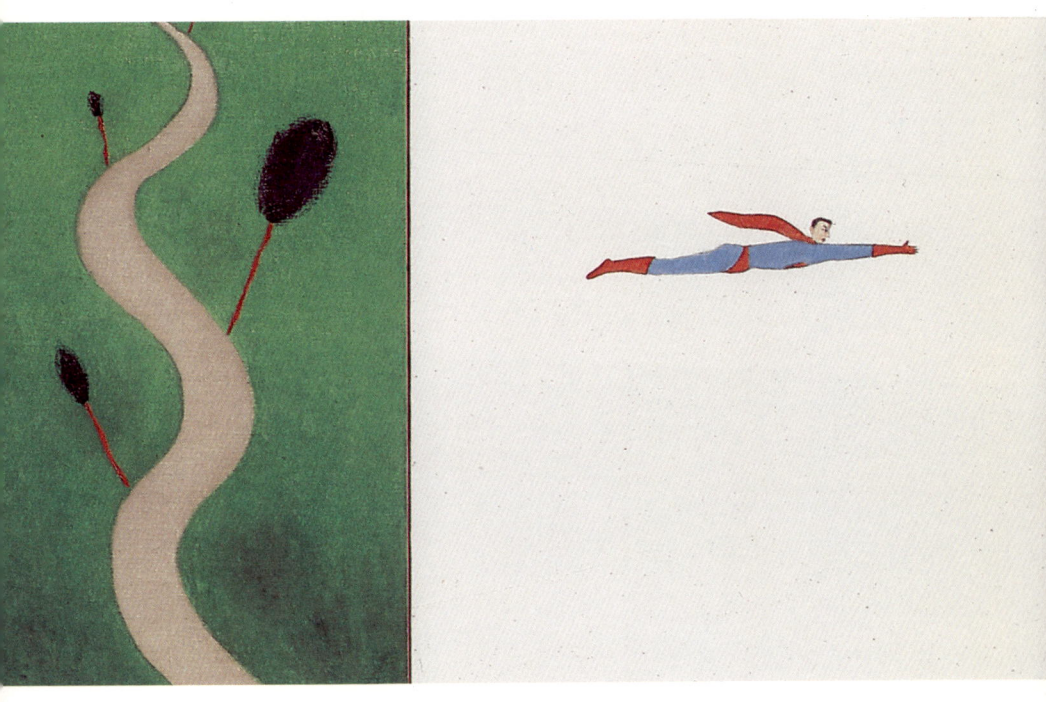

숲이 우거지고 바위가 빼어나고 봉우리가 힘찬 산을 넘어서

아빠는 드넓게 펼쳐진 들판 위를 날아간단다.

커다란 미루나무도 하얗게 포장된 콘크리트 도로도 아이들 그림처럼 구불거린다.

날 좋은 오후면 아빠는 바람을 몰고 다니는 슈퍼맨이 되고 싶단다.

엄마의 손을 잡고 너를 등뒤에 태운 채 바람 친구의 날개를 타고……

섬

이성복

섬과 섬이 만나 자식을 낳았다 끝없이 너른 바다를 자식
섬은 떠돌았다 어미 섬과 아비 섬을 원망하면서…… 떠돌며
만난 섬들은 제각각 쓸쓸했고 쓸쓸함의 정다움을 처음 알았
을 때 서둘러, 서둘러 자식 섬은 돌아왔다 어미 섬과 아비
섬이 가라앉은 뒤였다

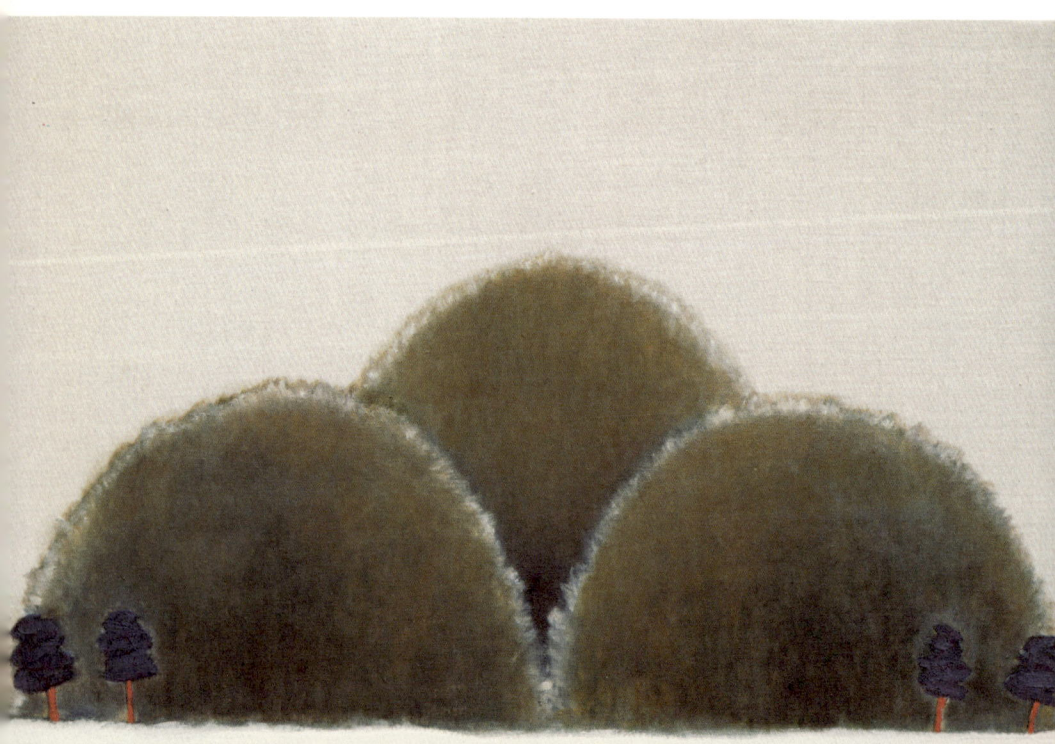

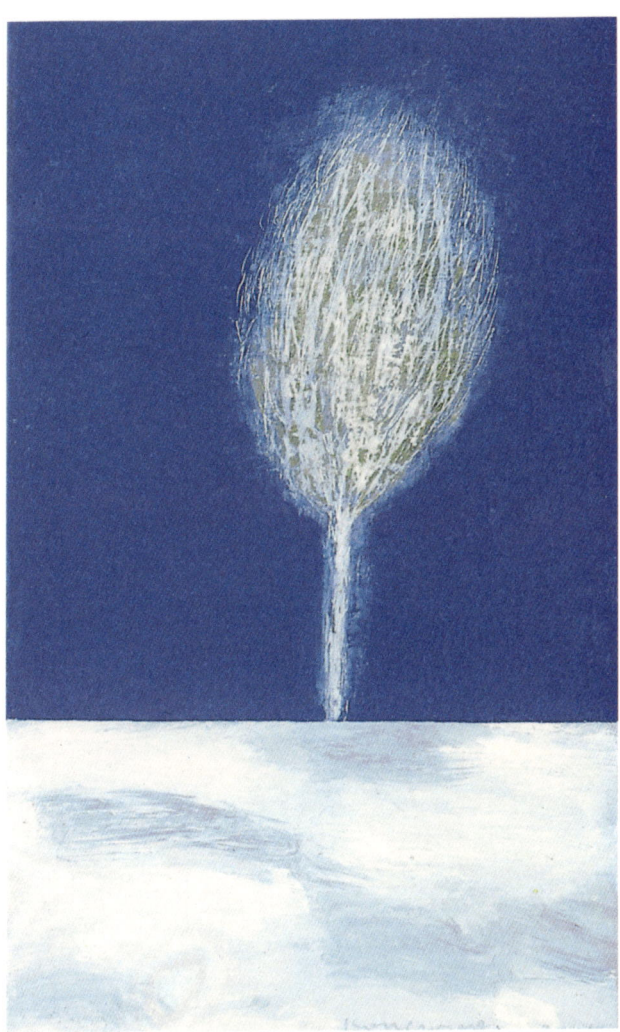

불사조 깃털 하나가 백야의 하늘 아래 만년설이 덮인 대지 위로 떨어져

깃털은 조금씩 자라 눈 덮인 동토 위에 나무기둥 하나 세웠다

그 림 이 나 에 게 말 하 네   박광우 글 · 그림 |참솔|

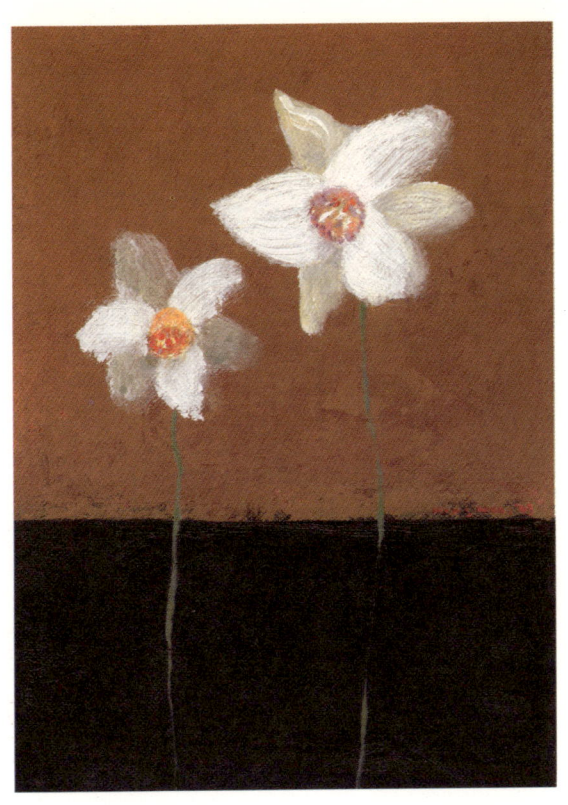

우 리 는

빛나는 꽃송이가 되자. 어두운 땅속에서 싹을 틔웠을지라도
바람, 비, 서리, 눈 모두 견디어 환하고 아름답게 피어나자.
이왕이면 세상에서 가장 향기롭고 당당한 꽃이 되자. 순결하
게 흰 꽃잎을 보란 듯이 펼치고 꽃술은 황홀한 주황으로 물
들이고. 우리가 피어서 비로소 세상에 봄이 오고, 우리가 열
매를 맺어서 가을이 오도록 세상을 대표하는 꽃송이가 되자.

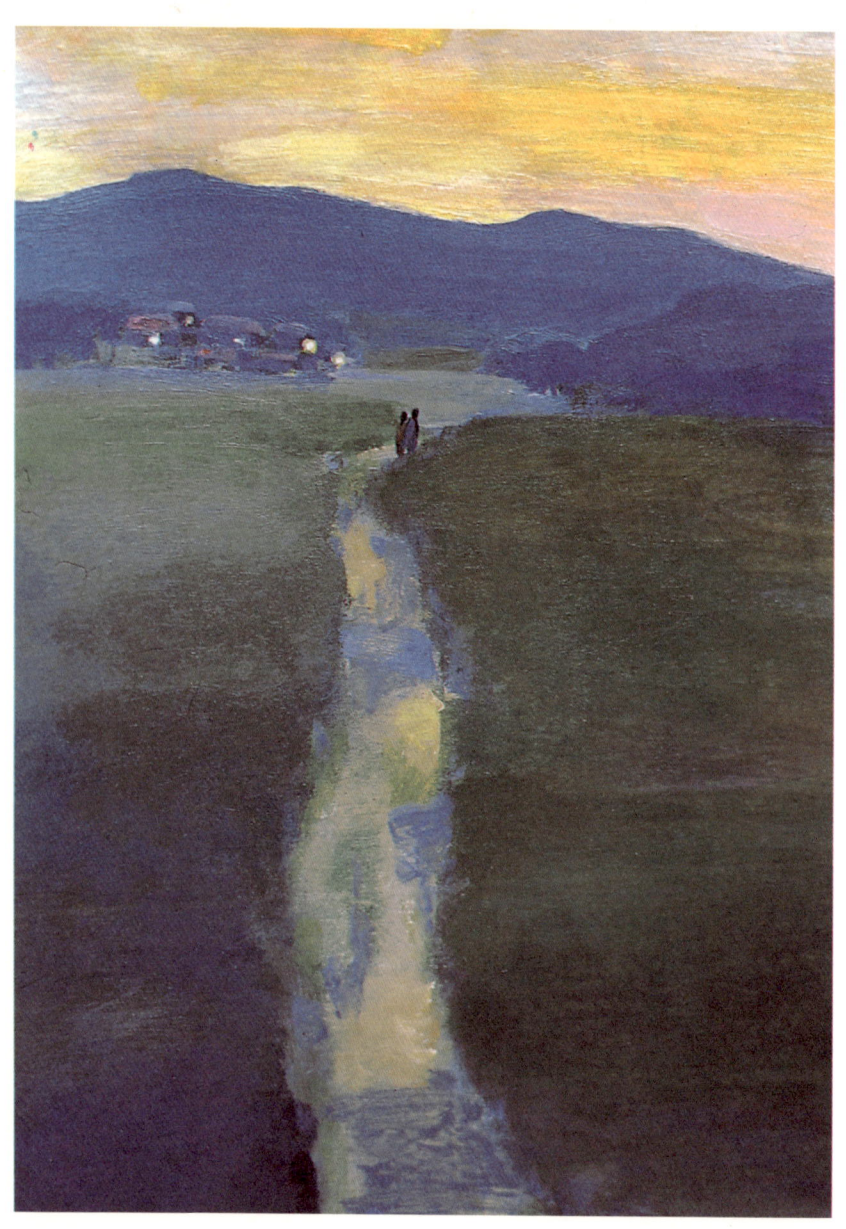

저 산은 말이 없네

오누이는 먼 길을 걸어 행상 나간 어머니를 마중 나간다.
해질녘 어둠이 밀려오는 들길을 걸으면
대처로 나간 뒤 소식이 끊긴 아버지가 가슴에 사무쳐 온다.
먼데의 저 산은 저리로 떠나지 않고 이리로 다가오지 않는데……
산은 그저 산일 뿐 언제나 무심하게 말이 없다네.

마음이 가난할 때

마음이 가난할 때는 숲이 있어 위안이 된다. 지치고 힘들 때 떠나는 숲으로의 여행. "친구야, 보고 싶어!"

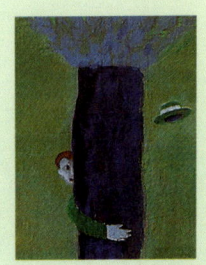

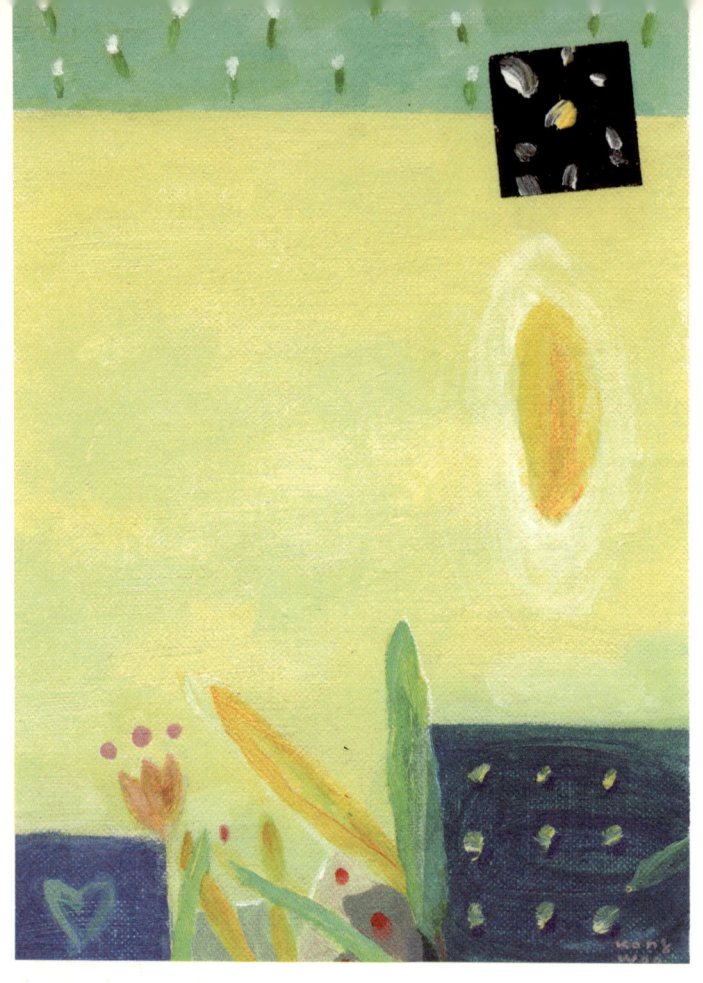

아름다운 나의 방

내 방에는 어여쁘고 소중한 것만 모여 있습니다. 국화와 해바라기가 선물해준 스탠드, 호
숫가에서 물의 요정이 무늬를 그려준 책장. 금강초롱을 초대했더니 천정에서 어여쁘게 몽
우리지었군요. 왕관 모양의 꽃이요? 튤립 나라의 임금님이 놀러오신 거죠. 난초가 노오란
빛으로 변한 건 나의 정열에 물들었기 때문이랍니다. 그리운 그대여, 내 마음인 듯 아름다
운 나의 방에 어서 놀러오지 않으시렵니까. 그대를 초대합니다!

갇힌 방

때때로 나는 초현실주의자가 된다.
꼼짝 없이
사면에 갇히는 꿈을 꾼다.

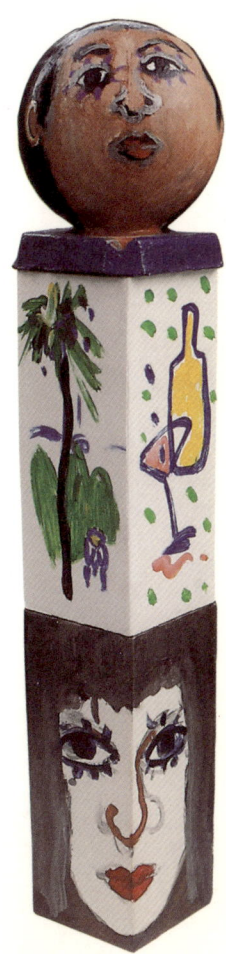

샤갈의 보랏빛 낙서

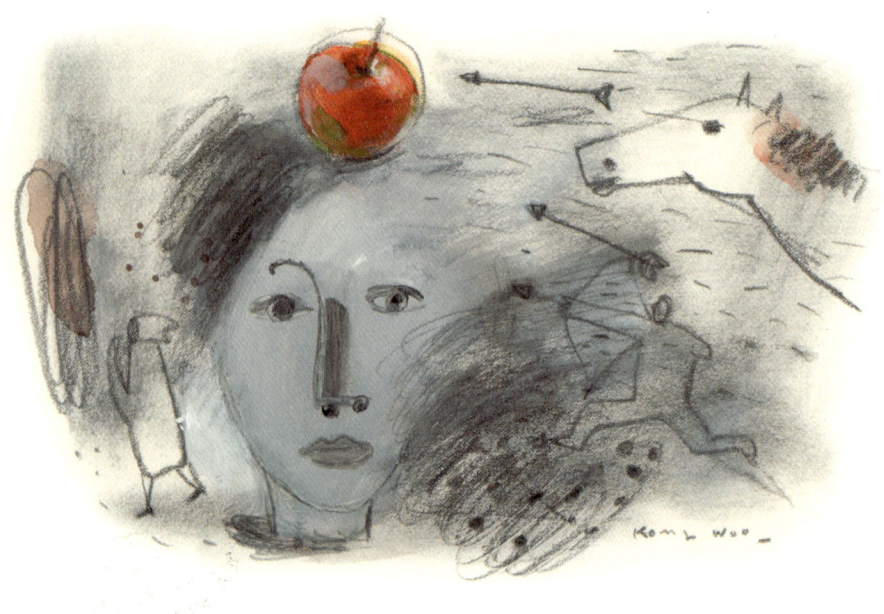

마르크 샤갈의 꿈이다. 당나귀와 소녀, 꽃과 바이올린이 떠다니는 보라색 공간.

그렇다, 평범한 일상보다 비범한 낭만을 기다리다 지친 무료한 내가 있다.

그래서 몽환적인 말이 나타나고 성냥팔이 소녀가 겨울밤을 혼자 걸어간다.

도로시의 집을 공중으로 띄워 올린 오즈의 소용돌이 바람이 어지럽고

활을 쏘는 윌리엄 텔이 씩씩하다. 그리고 머리 위에 사과를 얹은 나,

남보랏빛 공간이지만 사과만은 붉은 자연색

저기 서투른 자들의 활쏘기를 보라.

이토록 크고 선명한 나를 여태 못 맞추는가.

스릴 넘치게 기다리건만

당신의 황홀한 몸을 상상하면 나는 아무래도 음흉해지고 만다.
벌레 같은 남자라고 흉보지 말라.
천지 창조의 에로티시즘!

아담과 이브의 사과

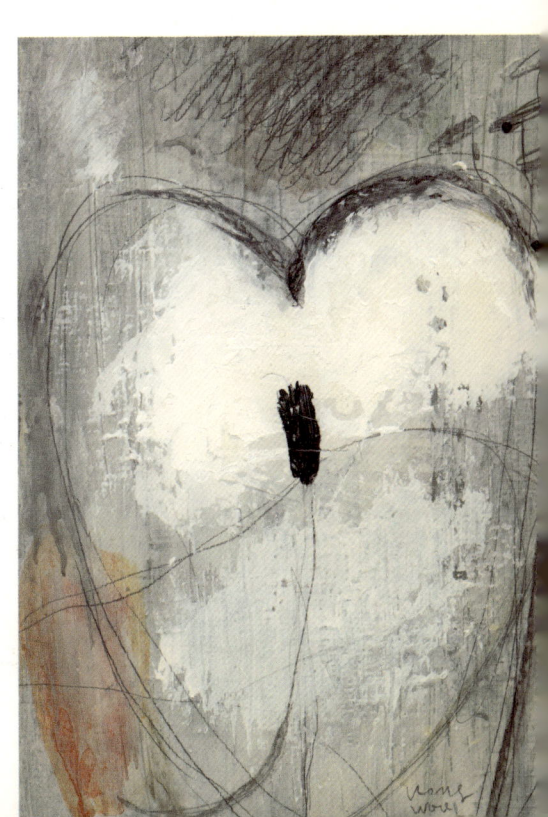

정상은 없다

아래에서 보던 것과 많이 다르군. 오르고 보니 여기 또한 정상이 아니네.
얼마나 힘들여 오랫동안 오른 언덕인데……
어느날 문득 걸음을 멈추고 뒤돌아보았지.
모두가 정상에 오르려고 가쁜 숨을 몰아쉬고 있더군.
고개를 돌리자 앞서 가던 사람들이 손짓하고 있었지.
오늘도 나는 사정없이 흔들린다. 달리면서 한숨지으며……

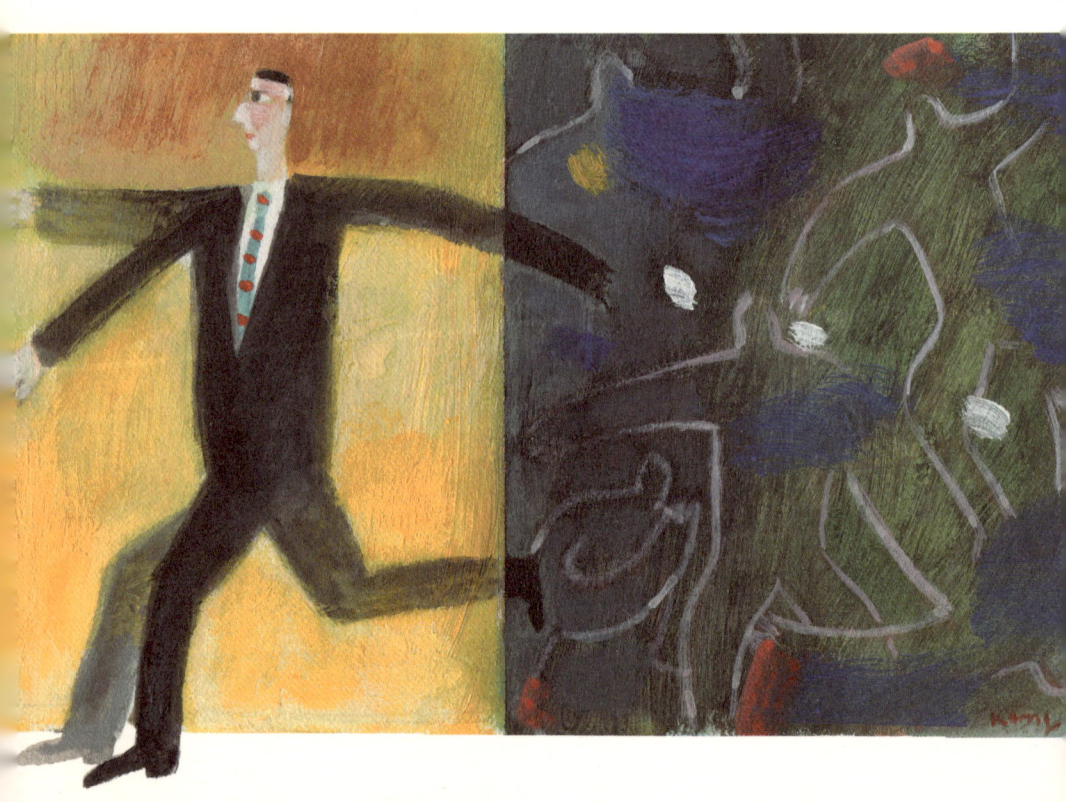

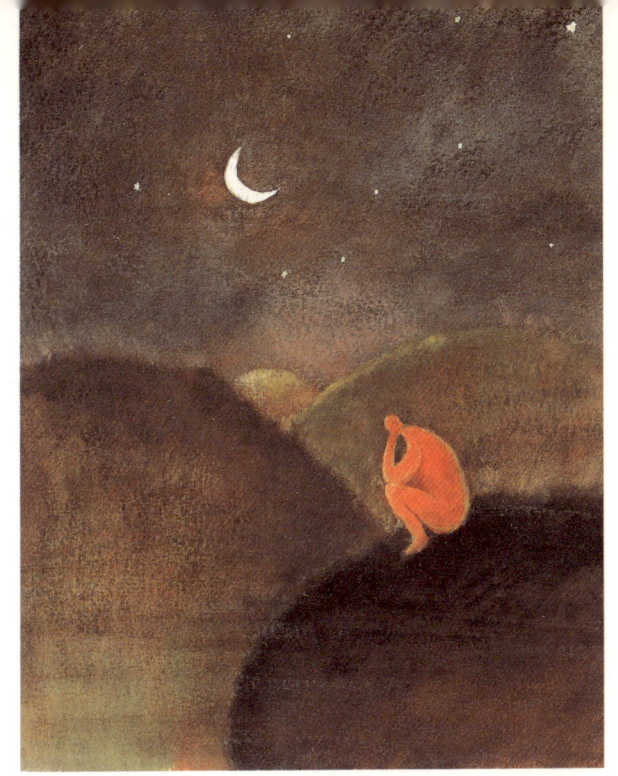

고독한 아담

따뜻한 자궁 사이에 누워 있던 나는 황체 호르몬처럼 발갛게 달아올라 아담이 된다.
은하수가 빈 하늘을 가득 채우고 그믐달이 점점이 기우는 밤
친구들이 하나 둘 떠난 곳에 나는 외로이 앉아 있다. 예감과 기대에 가득 차서……
봉긋하게 부푼 언덕 사이로 나를 맞이하러 올 청동빛 마차를,
천마가 이끄는 마차에서 부드러운 손을 내밀어줄 다정한 그대를.

운명의 배는 어디로

"오랫동안 보고 싶었답니다.
언제나 돌아올 날을 마음속에서 기다리고 있었지요.
아무래도 당신이어야 한다는 걸 알고 있었기 때문입니다."
사내가 간절히 청혼해도 여자는 말이 없다.
'내가 없는 동안 무슨 일이 있었던 걸까.
이제는 늦었다고, 이미 다른 사람의 아내가 되었다고 말하지나 않을까.'
속타는 남자가 기다리고 기다려도 여자는 답이 없다.
'손을 주고 있는 건 나를 향한 마음이 여전하다는 뜻이겠지
그런데 운명의 배는 어디로 가고 있는 것일까.'

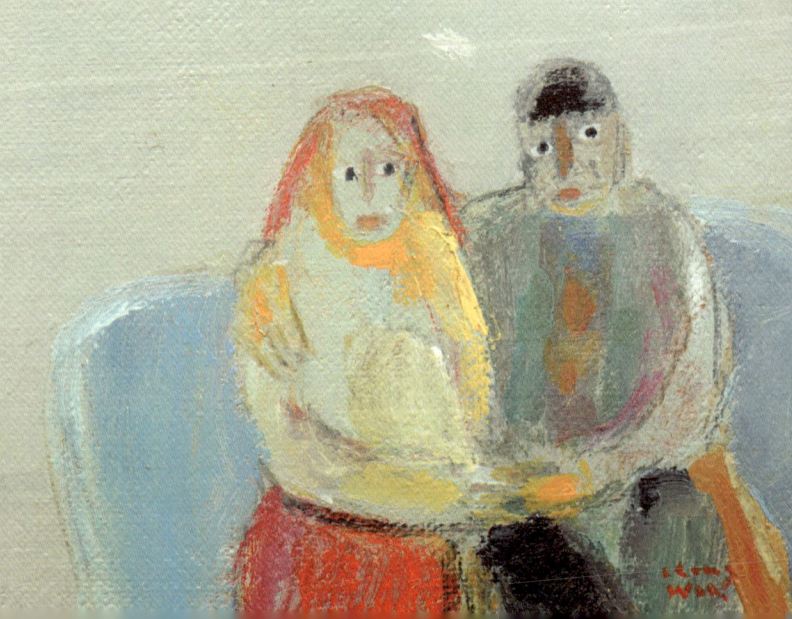

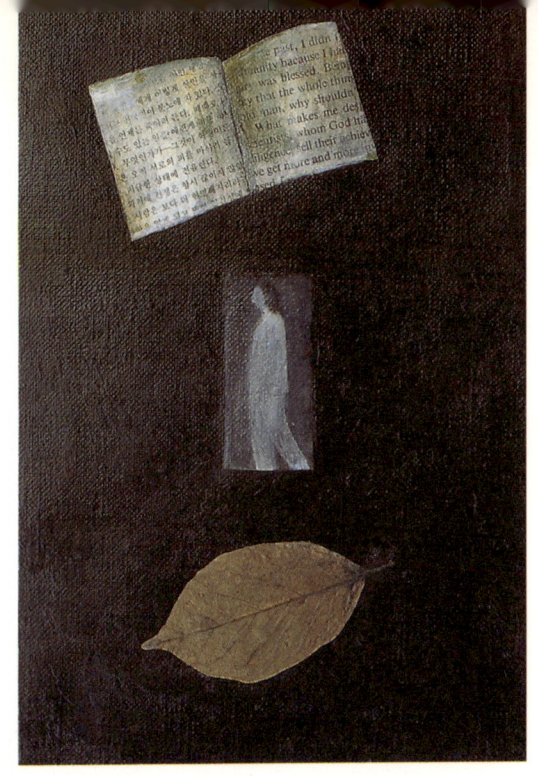

11월의 편지

한잎 낙엽으로 추억 속에 사라진 그대여. 오래된 책갈피에서 단풍으로 떨어지는 그대여.

우리가 주고받던 편지는 이미 불타 사라졌다네. 뜨거운 편지도, 화난 편지도,

숨찬 편지도, 의심하는 편지도, 쓸쓸한 편지도, 그리운 편지도 모두 한줌 재가 되었다네.

가지런히 밑줄 그은 책 속의 구절들도 이제는 빛바랜 잉크처럼 희미하기만 하고.

갑자기 편지가 쓰고 싶다네. 아무일 없던 시절처럼 지난 날의 우수를 담아서

담담하고 쓸쓸하게 약간은 그리운 문체로 나는 쓸 수 있다네. 다만 받아줄 그대가 사라졌을 뿐.

마음이
    가난할 때

마음이 가난할 때는 숲이 있어 위안이 된다.

지치고 힘들 때 떠나는 숲으로의 여행. 여전히 낯가림이 심한 친구가

나무 뒤에 숨어 짧게 인사를 건넨다. 숨바꼭질.

언제였던가. 나무가 있는 그림의 숲에 갇힌 내 상상력의 공허함

육신은 늘 쓸쓸한 채 회색빛 현실에 갇혀 있고

수줍음 많던 그 시절의 상상력은 성장을 멈추었나……

이제 잠시 찾은 숲을 떠나면서 그렇게 나무의 창살에 숨어

숨바꼭질하고 있을 친구를 불러본다.

"친구야, 보고 싶어!"

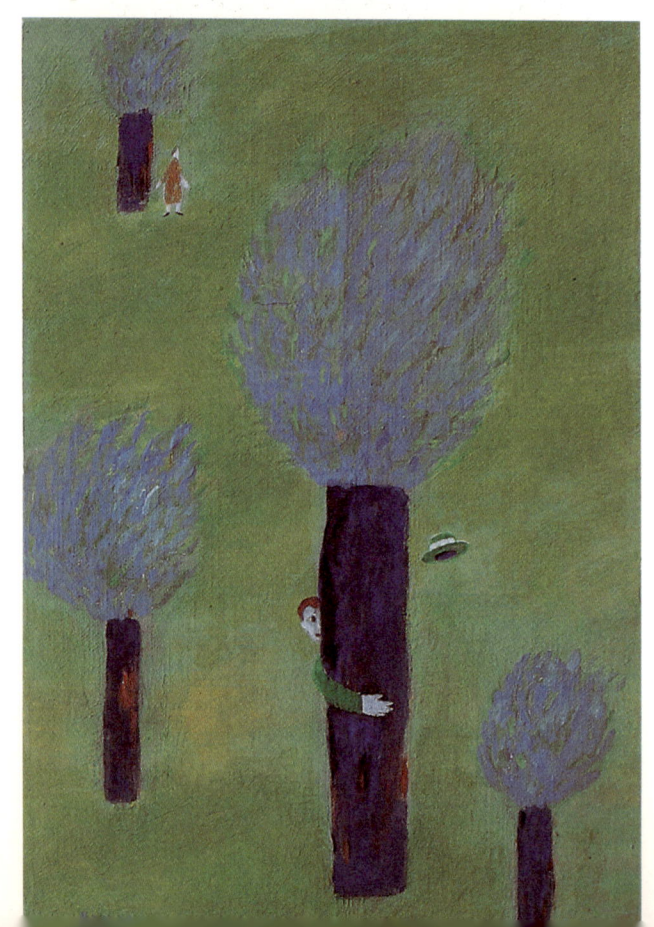

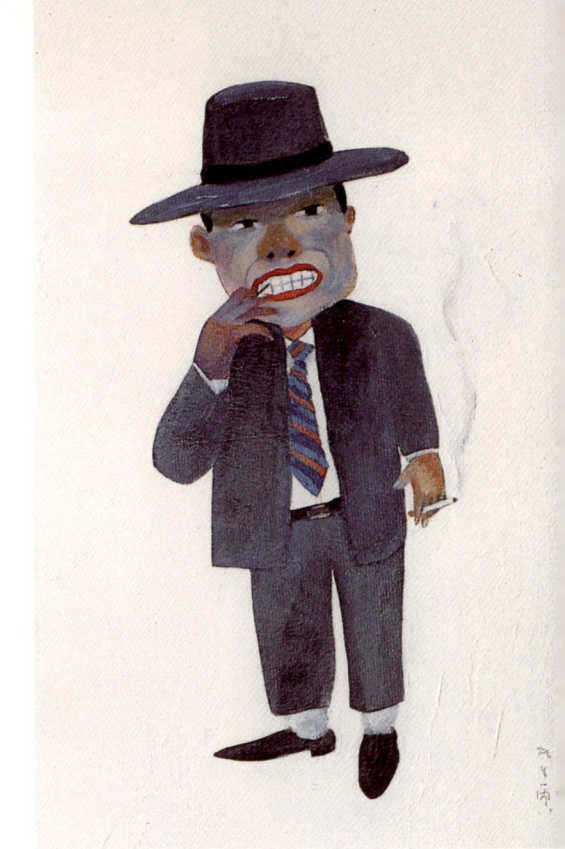

불쌍한 백수

인상 한번 엉망이군.

커다란 입술 주욱 벌리고 이빨 쑤시는 것 좀 봐.

'나는 불량한 놈이오' 하고 아주 얼굴에 써 있군.

그래, 너 조폭이다.

근데 행동대원도 아니고 두목은 더더욱 아닌 것 같군.

이제 보니 깡패 행세를 하는 백수 아니야?

옷이 아깝다

양복 정장에 중절모까지 쓰고

폼 잡으면 누가 모를 줄 알고……

불쌍한 우리들의 귀여운 백수.

아무도 없는 산속

아무도 없는 산속에 혼자 있었으면 좋겠다.

나직한 목소리로 산새와 이야기하고

산짐승들 노니는 것 그저 넋 놓고 바라보면 좋겠다.

아무도 없는 산속에 집 짓고 살았으면 좋겠다.

어느 틈에 바람이 불면 그저 숨결 닿는 대로

마음 닿는 대로 몸을 맡겨 나뭇잎처럼 이리저리 굴러다녔으면 좋겠다.

아무도 없는 산속에 혼자 앉아 착하고 순한 술 마셨으면 좋겠다.

취하면 취하는 대로, 졸리면 졸리는 대로 크게 누워

꿈도 없이 잠들었으면 좋겠다.

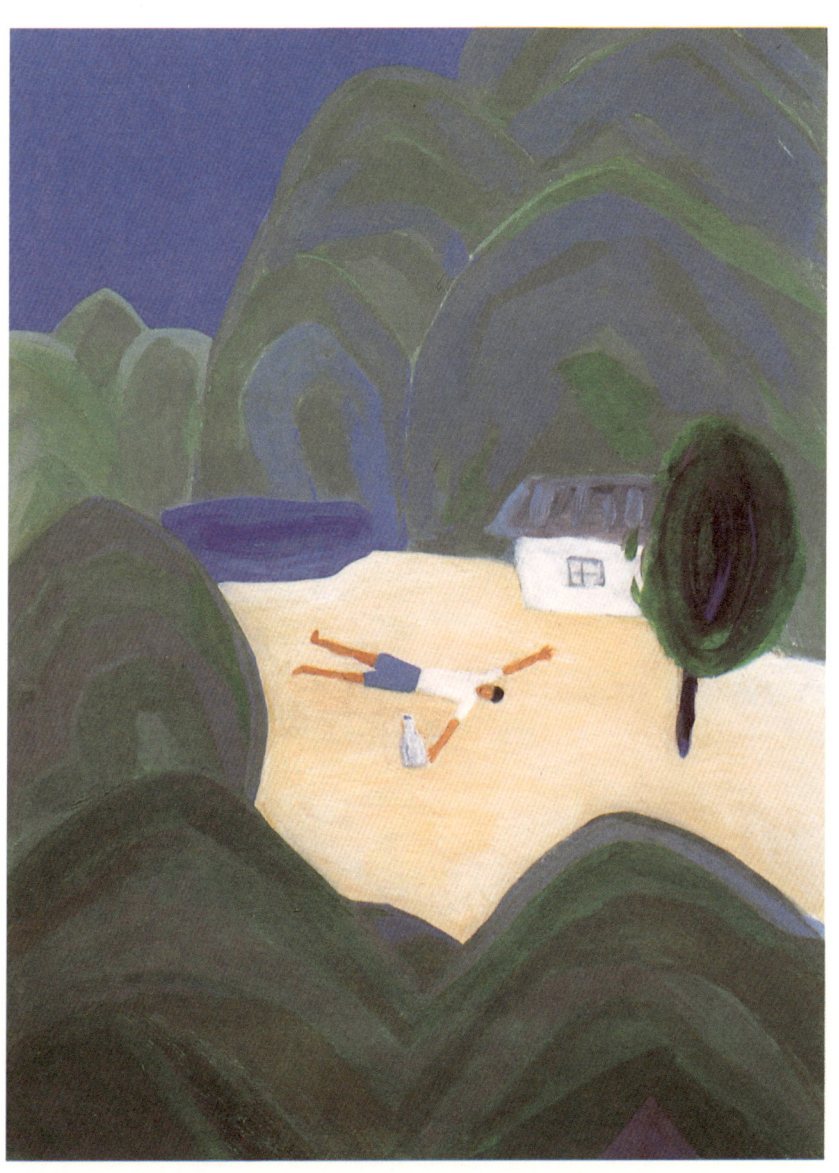

아프로디테의 유혹

깊은 밤길을 걸을 때 등골이 오싹해질지라도 돌아보지 말지어다.

아프로디테의 애욕의 손길이 그대에게 뻗칠지니……

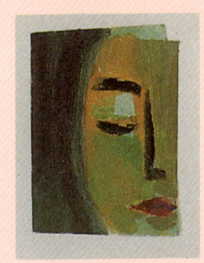

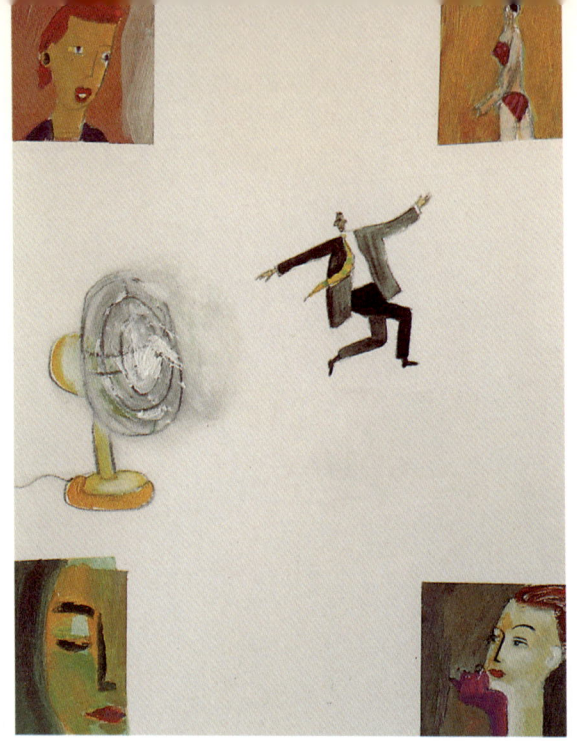

그 대 흔 들 리 는 가

바람에 흔들리는 그대의 이름은 남자
바람을 몰고 오는 그대의 이름은 여자.
온 마을이 바람에 흔들린다.
운명의 서풍이 불고 있다.
목하 열애중

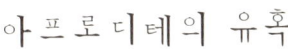

아 프 로 디 테 의 유 혹

화창한 봄날, 들판을 거닐 때
감미로운 바람소리가 들려올지라도
돌아보지 말지어다.
깊은 밤길을 걸을 때 등골이
오싹해질지라도 돌아보지 말지어다.
아프로디테의 애욕의 손길이
그대에게 뻗칠지니……
그대의 고동소리가
점점 커진다.
커져 가는 남자
부풀어 오르는 여자

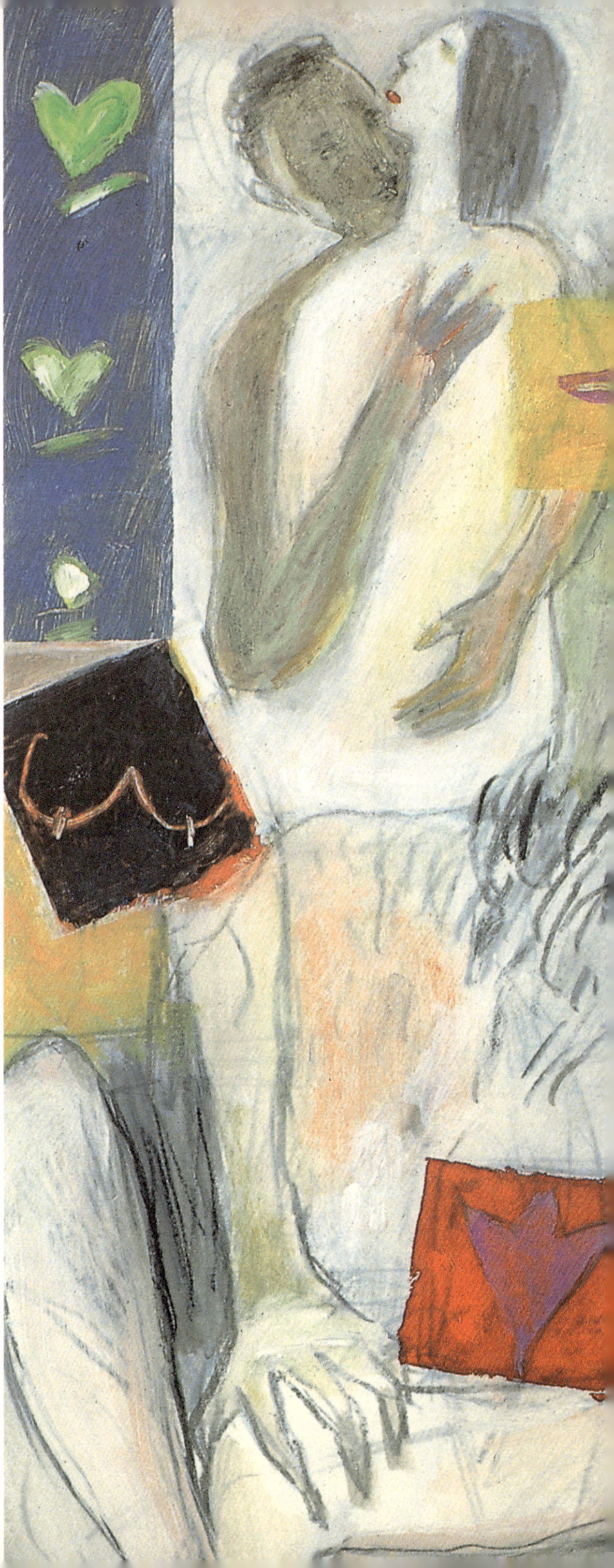

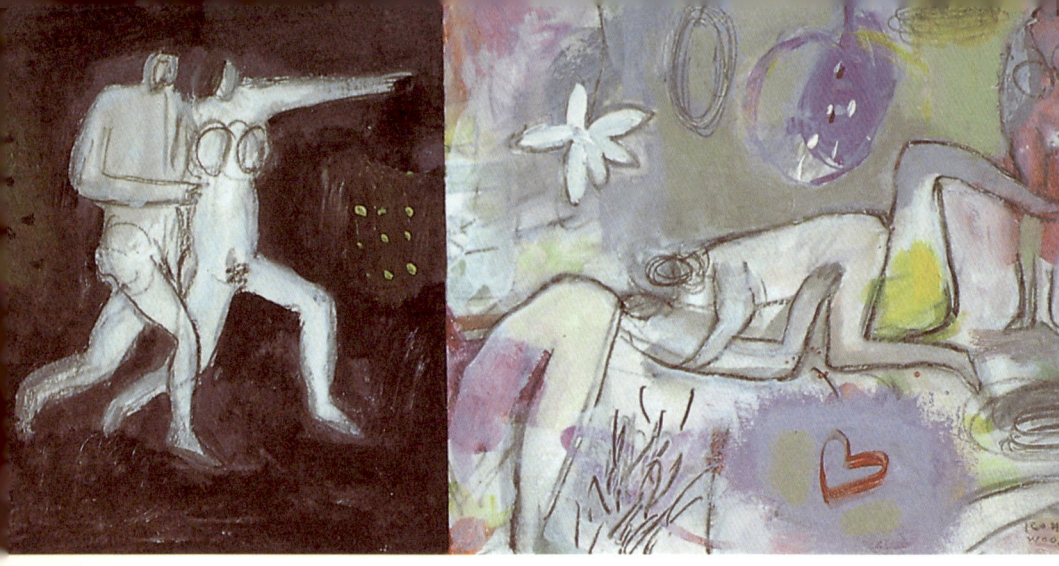

그들만의 에로티시즘

온갖 것이 수고로운 낮이 지나면 촛불이 있어도 좋고 꺼져도 좋은 밤이 온다.
컴컴한 어둠 속에서 설익은 섹스를 나누는 커플은
어느덧 화려한 호텔에서 진하게 사랑하는 연인으로 변할 수 있을지니
죄 없는 자부터 돌을 던져라. 어떤 사랑에도 금역이 없나니……

아무도 아는 이 없는 낯선 곳으로 가고 싶다. 가진 것 없이, 걱정과 의무까지 가지런히 벗어 놓고
장 그르니에의 수필처럼 살고 싶다. 하지만 자꾸만 자신 없는 마음이 나를 투명인간으로 만든다.
그냥 한번 다녀오는 것이다. 그곳 사람들이 낯설은 내 얼굴을 바라보는 것도 반갑지 않다.
누구의 시선도 받지 않는 투명인간으로 부담없이 떠나고 싶을 뿐.

투 명 인 간

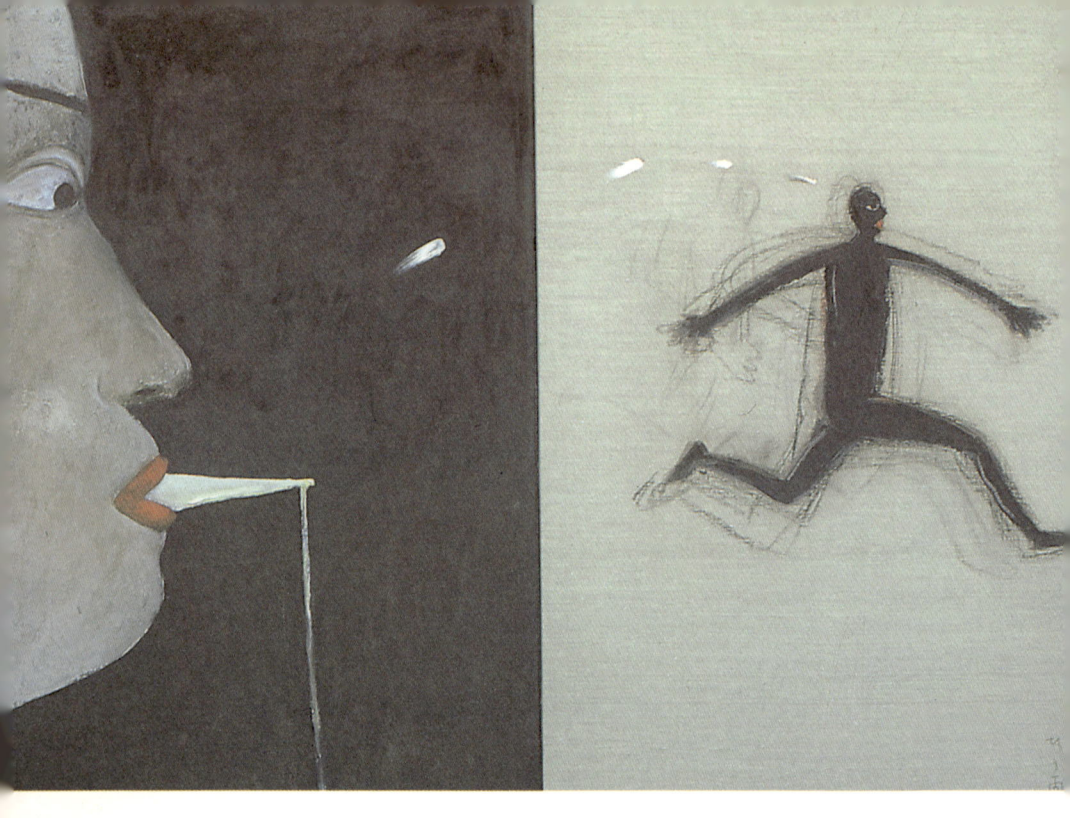

세상에서 가장 무서운 건

세 · 치 · 혀

동경에게

동경이란 말만 들어도 가슴이 울렁이던 시절이 있었지.
살아온 날보다 살아가야 할 날이 더 많던 그 시절
아직 살아보지 못한 미래가 막연히 불안하고 희미하게 초조하여,
언제나 동틀 무렵의 푸르른 여명 같았지.
늘 새벽안개 속을 헤매이듯 목말랐지만
그래도 조바심이 날 만큼 가슴이 부풀었던 동경의 그날들

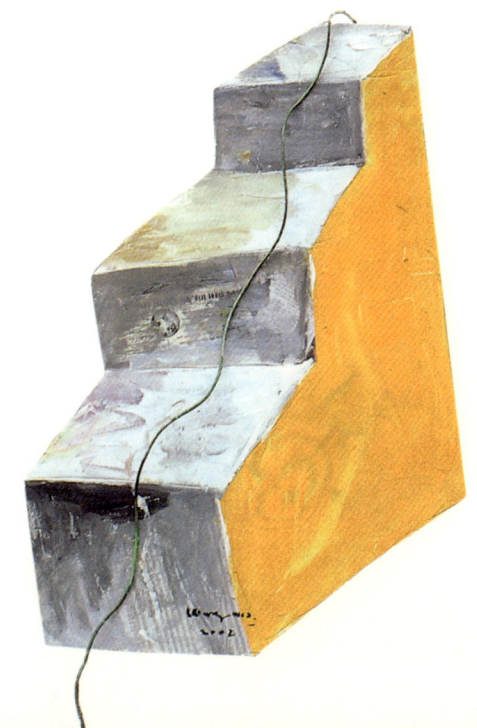

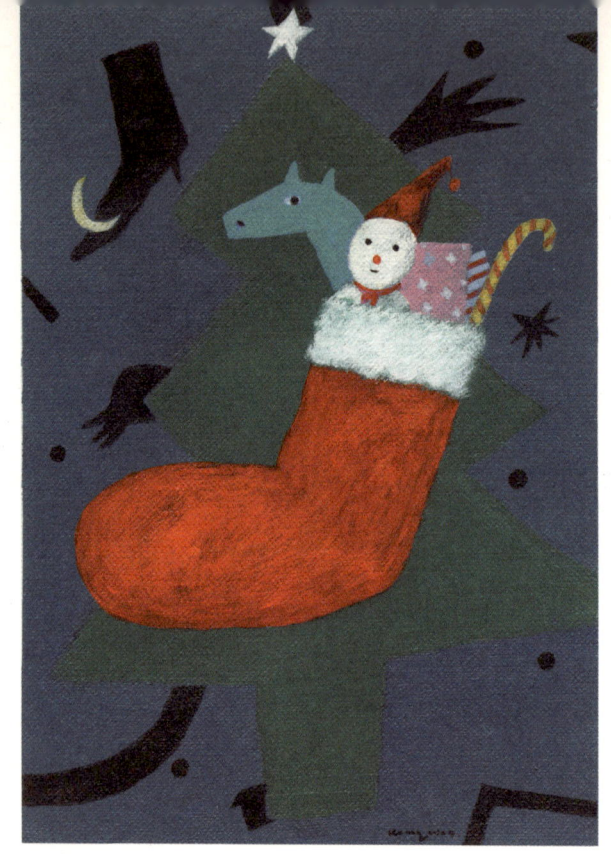

산타할아버지이 -

산타할아버지는 언제나 우리 집에 일착으로 오신다. 내가 말 잘
듣고 심부름 잘하는 착한 아이어서, 공부 잘하고 생김새도 깔끔한
범생이어서. 그리고, 그리고, 저…… 사실은, 굴뚝 청소를 깨끗이
해놓을 뿐 아니라, 바쁘시면 그냥 살짝 넣고 가시라고 굴뚝 옆에
커다란 양말까지 걸어놓아서 ^^~~

오늘은 내 생일입니다. 내가 좋아하는 그와 함께 따스한 식사를 즐길 거예요.

둥근 테이블에 새하얀 린넨을 깔고 맛있는 케이크도 조금 준비하겠습니다.

색색의 촛불을 꽂고 길다란 성냥으로 하나씩 불을 당길 거예요.

오래된 붉은 와인을 크리스탈 컵에 반쯤 따르고

쌉사름한 와인을 한 잔 마시면 정말 행복하겠지요!

그의 선물상자 속에는 고깔 쓴 눈사람이 장난칠지도 모르겠군요.

아아, 언제나 맑고 순수한 동심으로 살자는 다짐이겠지요.

자기야, 인형을 꼼꼼히 살피더라도 이해해주렴.

커플링을 목에 걸고 있지나 않은지 수줍은 사랑을 찾는 것이니……

내 생일에 부쳐

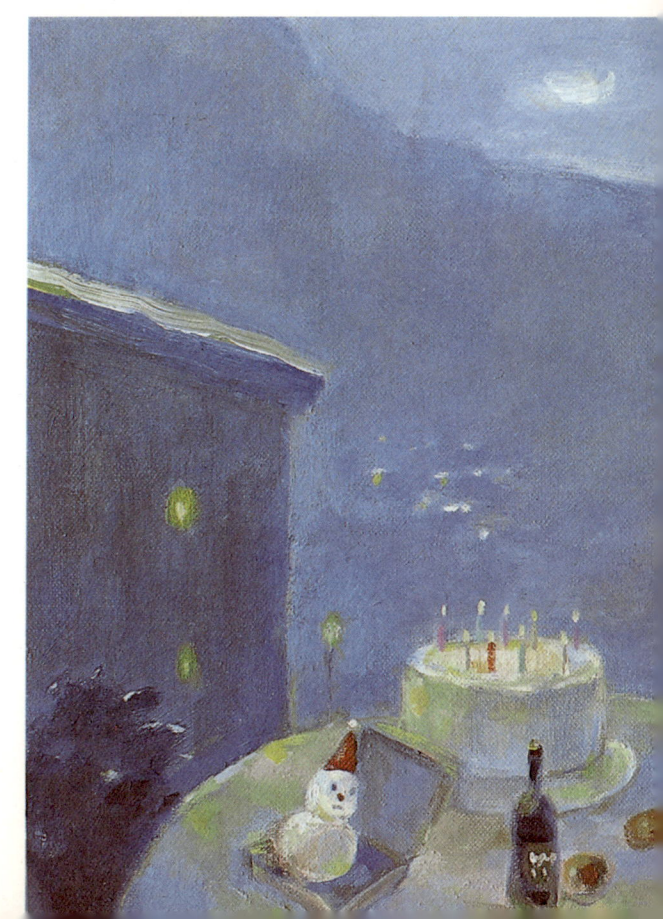

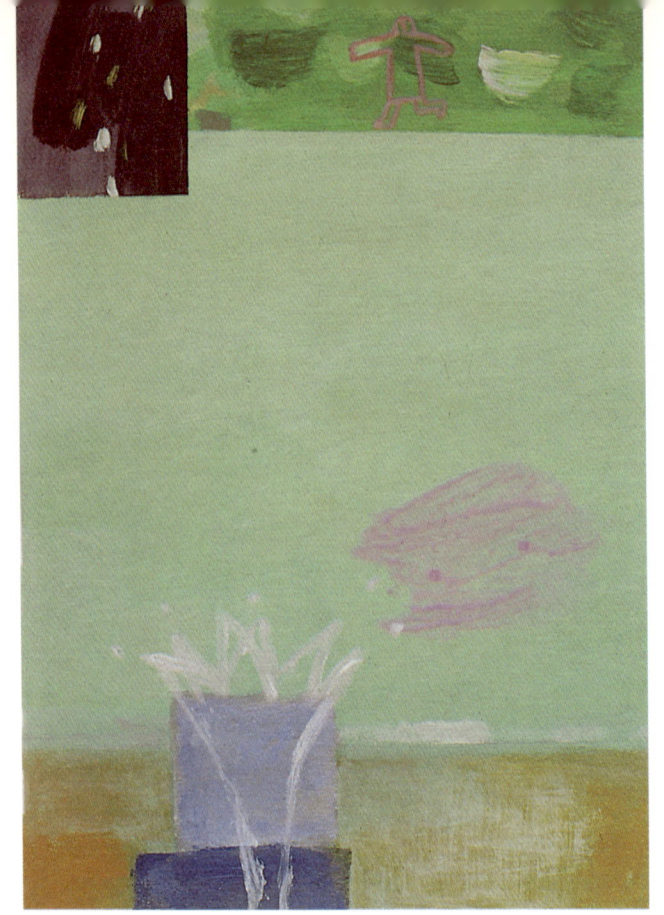

나에게 눈물은

발코니에 튤립이 피어 있고 뜰에는 연두색 잔디가 싱싱하다.
낮은 정원수 사이로 귀여운 꼬마가 아장거리고
평화로운가, 당신 좋은 집에 살아서
걱정이 없는가. 바깥은 온통 춥고 남루한 소매로 눈물을 훔쳐도……
따뜻한 침대에서 등불을 끌 때 문밖에서 울고 있는 영혼들을 그리워하자.
눈물은 나에게 영혼의 키를 자라게 한 최고의 선물이었고
드맑은 정한수의 기도이었다.

이렇게 될 줄 알았더라면

푸르던 잎새도 언젠가는 한잎 낙엽으로 떨어지지만

하필 이 가을이 그때란 말입니까.

저기 조금씩 벌레 먹기 시작하는 틈새가 아릿합니다.

모두가 내 탓이겠지요. 이렇게 될 줄 알았더라면 당신 앞에 나서지 말 것을……

창 높은 다락방에 엎드려 가만히 기도합니다.

언제나 따스했던 당신을 생각하며

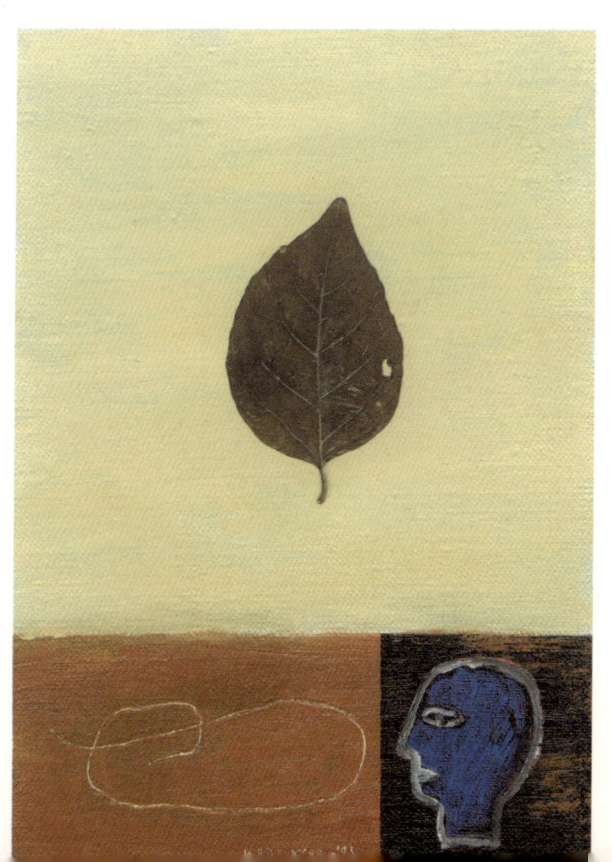

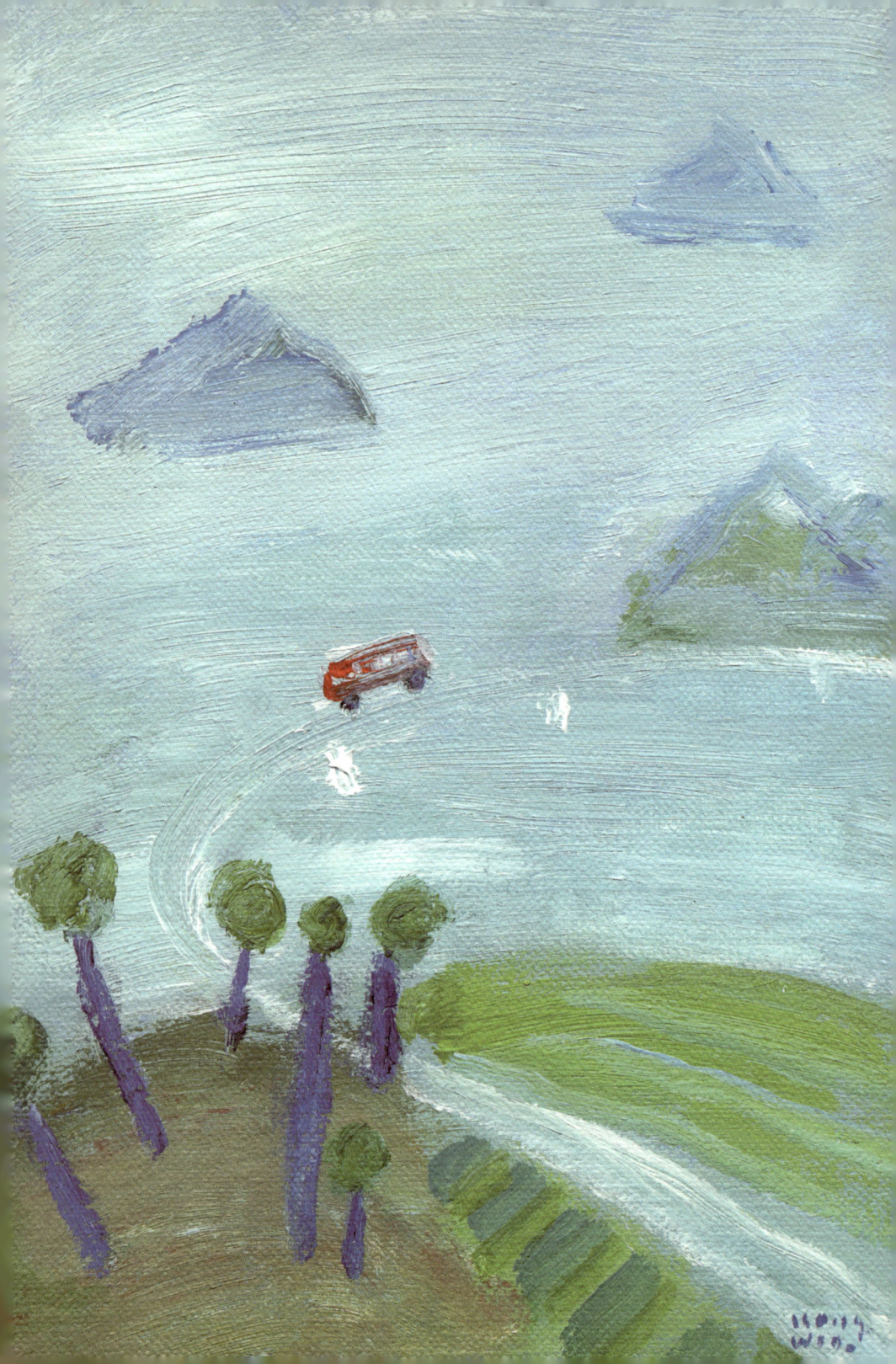

먼 산은 구름을 이고

여행을 떠난다면 호젓한 국도를 달려볼 일이다.
모를 낸 논이 연두색 치마를 수줍게 펼치고
맞은편엔 아름드리 가로수가 줄지어 점잖다.
들길을 지나 산길로 접어들면 어쩌다 만나는 마을마다 그냥 정답다.
먼 산은 구름의 바다 위로 얼굴을 살풋 내밀고
내 마음은 벌써 그 너머로 달아나고 있다.

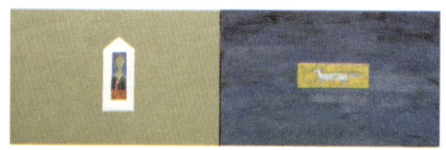

노을빛 가을에는 여린 마음으로 편지를 씁니다. 더 늦기 전에 —

박공우는 주로 사보, 신문, 잡지 등
대중매체를 통하여 시적이고 상징적인
독특한 그림세계를 선보여 온 화가이자 일러스트레이터이다.
공주에서 태어나 홍익대학교 등에서 미술공부를 하였다.
광고회사 금강기획에서 아트 디렉터로 일하였으며
서울산업대, 경희대, 남서울대 등에서 학생들을 가르치기도 하였다.

그림이 나에게 말하네

펴낸날 2003년 11월 15일 1판 1쇄
그린이 박공우
글쓴이 박공우

펴낸이 김혜숙
펴낸곳 도서출판 참솔
등록번호 제8-244호
등록일 1998년 5월 13일
주소 121-718 서울시 마포구 공덕동 404 풍림빌딩 521호
대표전화 3273-6323
팩시밀리 3273-6329
이메일 charmsoul@charmsoul.com

값 8,900원
ISBN 89-88430-36-0 03810